我们无法掌控一切，

但每一次选择都塑造着我们的未来。

未来之事

MELLONTA TAUTA

THE COMPLETE TALES OF EDGAR ALLAN POE

[美国] 埃德加·爱伦·坡 著

曹明伦 译

译林出版社

图书在版编目（CIP）数据

未来之事 / （美）埃德加·爱伦·坡 (Edgar Allan Poe) 著 ; 曹明伦译. -- 南京 : 译林出版社, 2025. 5. -- (爱伦·坡小说全集). -- ISBN 978-7-5753-0496-2

Ⅰ. I712.45

中国国家版本馆 CIP 数据核字第 2025S9C744 号

未来之事　[美国] 埃德加·爱伦·坡 / 著　曹明伦 / 译

责任编辑　张紫毫
装帧设计　好谢翔
校　　对　梅　娟
责任印制　颜　亮

出版发行　译林出版社
地　　址　南京市湖南路 1 号 A 楼
邮　　箱　yilin@yilin.com
网　　址　www.yilin.com
市场热线　025-86633278
排　　版　南京新华丰制版有限公司
印　　刷　苏州市越洋印刷有限公司
开　　本　850 毫米 ×1168 毫米　1/32
印　　张　6.5
插　　页　2
版　　次　2025 年 5 月第 1 版
印　　次　2025 年 5 月第 1 次印刷
书　　号　ISBN 978-7-5753-0496-2
定　　价　32.00 元

目　　录

莫斯肯漩涡沉浮记

神造自然之道犹如天道，非同于吾辈制作之道。故自然之博大、幽眇及神秘，绝非吾辈制作之模型所能比拟，自然之深邃远胜德谟克利特之井。

——约瑟夫·格兰维尔

我们当时登上了最高的巉崖之顶。那位老人一时间似乎累得说不出话来。

“不久前，”他终于说道，“我还能像我小儿子一样利索地领你走这条路。可大约在三年前，我有过一次世人从未有过的经历，或至少是经历者从未有人幸存下来讲述的那种经历。我当时熬过的那胆战心惊的六小时把我的身子和精神全都弄垮了。你以为我是个年迈的老人，可我不是。就是那不到一天的工夫，我的黑发变成了白发，手脚没有了力气，神经也衰弱了，现在稍一使劲就浑身发抖，看见影子就感到害怕。你知道吗，现在从这小小的悬崖往下看，我都有点头昏眼花？”

这“小小的悬崖”，他刚才还那么漫不经心地躺在悬崖边上休息，身体的重心几乎是挂在崖壁上，仅凭一只胳臂肘支撑着又陡又滑的岩边，保持着身子不往下掉。这“小小的悬崖”是一道由乌黑发亮的岩石构成的高峻陡峭的绝壁，从我们脚下的巉岩丛中突兀而起，大约有 1500 或 1600 英尺高。说什么我也不敢到离悬崖边五六码的地方去。实际上，看见我那位同伴躺在那么危险的地方我都紧张得要命，以至于我挺直身子趴在地上还紧紧抓住身旁的灌木，甚至不敢抬眼望一望天空。与此同时，我总没法驱除心中的一个念头：这山崖会被一阵狂风连根吹倒。过了好一阵我才说服了自己，鼓足勇气坐起来朝远处眺望。

“你一定得克服这些幻觉，”那位向导说，“因为我领你上这儿来，就是要让你尽可能好好看看我刚才说的那件事发生的现场，让这地方就在你眼皮底下，我才好跟你细说那番经历。”

“我们现在，”他用他独有的不厌其详的方式继续道，“我们现在是在挪威海边，在北纬 68 度，在诺尔兰这个大郡，在荒凉的罗弗敦地区。我们脚下这座山叫赫尔辛根，也称云山。请把身子抬高点儿，要是头晕就抓住草丛。就这样，朝远处看，越过咱们身下的那条雾带，看远方大海。”

我头昏眼花地极目远望，但见浩浩汤汤一片汪洋。海水冥冥如墨，这让我一下想到了那位努比亚地理学家所记述的“黑暗海洋”[1]。眼前景象之凄迷超越了人类的想象。在我们目力所及的左右两方，各自延伸着一线阴森森的黑崖，犹如这世界的两道围墙，咆哮不止的波涛高卷起狰狞的白浪，不断地拍击黑崖，使阴森的黑崖更显幽暗。就在我们置身于其巅峰的那个岬角对面，在海上大约五六英里远之处，有一个看上去很荒凉的小岛；更确切地说，是透过小岛周围的万顷波澜，那小岛的位置依稀可辨。靠近陆地两英里处又耸起一个更小的岛屿，荒坡濯濯，怪石嶙峋，周围环绕着犬牙交错的黑礁。

较远那座荒岛与陆地之间的这片海面有一种非常奇异的现象。虽然当时有一阵疾风正从大海刮向陆地，猛烈的疾风使远方海面上的一条双桅船收帆停下后仍不住颠簸，整个船身还不时被巨浪覆盖，但这片海面上却看不见通常的波涛，只有从逆风或顺风的各个方向流来的海水十分短促地交叉涌动。除了紧贴岩石的地方，海面上几乎没有泡沫。

1　指摩洛哥地理学家伊德里西（Al Idrisi，1100—1166），他写的世界地理志之拉丁语译本于 1619 年在巴黎出版，书名被译为《努比亚地理志》（*Geographia Nubiansis*），从此他也被讹传为努比亚人。

"远处的那座岛，"老人继续道，"挪威人管它叫浮格岛。中途那座是莫斯肯岛。往北一英里处是阿姆巴伦岛。再过去依次是伊弗力森岛、霍伊荷尔摩岛、基尔德尔摩岛、苏尔文岛和巴克哥尔摩岛。对面远处（在莫斯肯岛和浮格岛之间）是奥特荷尔摩岛、弗里门岛、桑德弗利森岛和斯卡荷尔摩岛。这些名称就是这些小岛的准确叫法，但至于人们为什么认为非得这么叫，那就不是你我能弄懂的了。你现在听见什么吗？你看见海水有什么变化吗？"

我们当时在赫尔辛根山顶已待了大约十分钟，我们是从罗弗敦内地一侧爬上山的，所以直到攀上绝顶，大海才骤然呈现在我们眼前。老人说话之际，我已经听到了一种越来越响的声音，就像美洲大草原上一大群野牛的悲鸣。与此同时，我还目睹了水手们所说的大海说变就变的性格，我们脚下那片刚才还有风无浪的海水眨眼之间变成了一股滚滚向东的海流。就在我凝望之时，那股海流获得了一种异乎寻常的速度。那速度每分每秒都在增大，海流的势头每分每秒都在增猛。不出五分钟，从海岸至浮格岛的整个海面都变得浊浪滔天，怒涛澎湃；但海水最为汹涌的地方则在莫斯肯岛与海岸之间。那里的海水分裂成上千股相互冲撞的水流，突然间陷入了疯狂的骚动，跌宕起伏，滚滚沸腾，咝咝呼啸，旋转成无数巨大的漩涡，所有的漩涡都以水在飞流直下时才有的速度转动着冲向东面。

几分钟之后，那场景又发生了一个急剧的变化。海平面变得多少比刚才平静，那些漩涡也一个接一个消失，但在刚才看不见泡沫的海面，现在泛起了大条大条的带状泡沫。泡沫带逐渐朝远处蔓延，最后终于连成一线，又开始呈现出漩涡状的旋转运动，仿佛要形成另一个更大的漩涡。突然，真是突如其来，那个大漩涡已清清楚楚地成形，直径超过了半英里。漩涡的周围环绕着一条宽宽的闪光的浪带，却没有一点浪花滑进那个可怕的漏斗。我们的眼睛所能看到的那漏斗的内壁，是一道光滑、闪亮、乌黑的水墙，墙面与水平面大约成45度角，以一种令人眼花缭乱的速度飞快地旋转，向空中发出一种可怕的声音，一半像悲鸣，一半像咆哮，连气势磅礴的尼亚加拉大瀑布也不曾向苍天发出过这种哀号。

一时间山崖震颤，岩石晃动。我紧张得又一下趴到地上，紧紧抓住身边稀疏的荒草。

“这，”我最后终于对老人说，“这一定就是著名的梅尔斯特罗姆大漩涡了。”

“有时候人们也这么叫，”他说，“但我们挪威人称它为莫斯肯漩涡，这名字来自海岸和浮格岛之间的莫斯肯岛。”

一般关于这大漩涡的记述都未能使我对眼前所见的景象有任何心理准备。约纳斯·拉穆斯[1]的记述也许最为详细，但也丝毫不能使人想象到这番景象的宏伟壮观或惊心动魄，或想象到这种令观者心惊肉跳、惶恐不安的新奇感。我不清楚那位作者是从什么角度和在什么时间观察大漩涡的，但他的观察既不可能是从赫尔辛根山顶，也不可能是在一场暴风期间。但他的描述中有几段特别详细，我们不妨把它们抄录于此，不过，要传达对那种奇观异景的感受，这些文字还嫌太苍白无力。

他写道：“莫斯肯岛与罗弗敦海岸之间水深达36至40英寻；但该岛至浮岛（浮格岛）之间，水深却浅到船只难以通过的程度，即便在风平浪静的日子，船只也有触礁的危险。当涨潮之时，那股强大的海流以一种疯狂的速度冲过罗弗敦和莫斯肯岛之间；而当它急遽退落时所发出的吼声，连最震耳欲聋最令人害怕的大瀑布也难以相比。那种吼声几海里外都能听见。那些漩涡或陷阱是那么宽，那么深，船只一旦进入其

1　约纳斯·拉穆斯（Jonas Ramus，1649—1718），挪威学者。

引力圈就不可避免地被吸入深渊，卷到海底，在乱礁丛中撞得粉碎。而当那片海域平静之时，残骸碎片又重新浮出海面。但只有在无风之日潮水涨落之间的间歇，才会有那种平静之时，而且最多只能延续十五分钟，接着那海流又渐渐卷土重来。当那股海流最为狂暴且又有暴风雨助威时，离它四五英里之内都危机四伏。无论小船大船，只要稍不留意提防，不等靠拢就会被它卷走。鲸鱼游得太近被吸入涡流的事也常常发生，这时它们那种徒然挣扎、奢望脱身时所发出的叫声非笔墨所能形容。曾有一头白熊试图从罗弗敦海岸游向莫斯肯岛，结果被那股海流吸住卷走，当时它可怕的咆哮声岸上都能听见。枞树和松树巨大的树干一旦被卷入那急流，再浮出水面时一定是遍体鳞伤，仿佛是长了一身硬硬的鬃毛。这清楚地表明海底怪石嶙峋，被卷入的树干只能在乱石丛中来回碰撞。这股海流随潮涨潮落或急或缓，通常每六个小时一起一伏。1645 年六旬节的星期日清晨，这股海流的狂暴与喧嚣曾震落沿岸房屋的砖石。”

说到水深，我看不出那个大漩涡附近的深度如何能测定。“40 英寻”肯定仅指那股海流靠近莫斯肯岛或罗弗敦海岸那一部分的深度。莫斯肯漩涡的中心肯定深不可测，而对这一事实的最好证明，莫过于站在赫尔辛根山最高的巉崖之顶朝那旋转着的深渊看上一眼，哪怕是斜眼匆匆一瞥。从那悬崖之巅俯瞰那条咆哮的冥河，我忍不住窃笑老实的约纳斯·拉穆斯竟那么天真，居然把鲸鱼和白熊的传闻当作难以置信的事件来记载；因为事实上在我看来，即便是这世上最大的战舰，只要一进入那可怕的吸力圈，也只能像飓风中的一片羽毛，顷刻之间便消失得无影无踪。

我曾读过那些试图说明这种现象的文章。记得当时还觉得其中一些似乎言之有理，现在看来则完全不同，难以令人满意。人们普遍认为，这个大漩涡与法罗群岛那三个较小的漩涡一样，“其原因不外乎潮涨潮落时水流之起伏与岩石暗礁构成的分水脊相碰，水流受分水脊限制便如瀑布直落退下，于是水流涌得越高，其退落就越低，结果就自然形成涡流或漩涡，其强大吸力通过模拟实验已为世人所知。”以上见解乃《大英百科全书》之原文[1]。基歇尔[2]等人推测莫斯肯漩涡之涡流中心是一个穿入地球腹部的无底深渊，深渊的出口在某个非常遥远的地方，而有一种多少比较肯定的说法是认为那出口在波的尼亚湾。这种推测本来并无根

1 值得一提的是，如今的《大英百科全书》《哥伦比亚百科全书》等权威辞书在“莫斯肯漩涡”这个词条中都要提及爱伦·坡对此漩涡的描述。

2 基歇尔（Athanasius Kircher，1601—1680），德国学者。

据，但当我凝视着眼前的漩涡，我的想象力倒十分倾向于同意这种说法。我对向导提起这个话题，他的回答令我吃了一惊，他说虽然一说起这话题几乎所有挪威人都接受上述观点，但他自己并不同意这种见解。至于前一种见解，他承认自己没有能力去理解。在这一点上我与他不谋而合，因为不管书上说得多么头头是道，可一旦置身于这无底深渊雷鸣般的咆哮声中，你便会觉得书上所言完全莫名其妙，甚至荒唐透顶。

“你现在已好好地看过了这大漩涡，”老人说道，“如果你愿意绕过这巉崖爬到背风的地方，避开这震耳欲聋的咆哮，我会给你讲一段故事，让你相信我对莫斯肯漩涡应该有几分了解。”

我爬到了他所说的地方，他开始讲故事。

“我和我两位兄弟曾有一条载重70吨的渔船，我们习惯于驾船驶过莫斯肯岛，在靠近浮格岛附近的岛屿间捕鱼。海中凡有漩涡之处都是捕鱼的好地方，只要掌握好时机，再加上有胆量去一试。不过在罗弗敦一带所有渔民当中，只有我们三兄弟常去我告诉你的那些岛屿间捕鱼。通常的渔场在南边很远的地方。那儿随时都能捕到鱼，没有多少危险，所以人们都情愿去那儿。可这边礁石丛中的好去处不仅鱼种名贵，而且捕捞量大，所以我们一天的收获往往比我们那些胆小的同行一个星期所得到的还多。事实上，我们把这营生作为一种玩命的投机，以冒险代替辛劳，以勇气充当资本。

“我们通常把船停在沿这海岸往北大约 5 英里处的一个小海湾里；遇上好天气，我们就趁着那 15 分钟平潮赶快驶过莫斯肯漩涡的主水道，远远地到那大漩涡的北边，然后掉头南下，直驶至奥特荷尔摩岛或桑德弗利森岛附近的停泊地，那儿的涡流不像别处那么急。我们通常在那儿停留到将近第二次平潮，这时我们才满载鱼虾起锚返航。要是没遇上一阵能把我们送去又送回的平稳的侧风，那种我们有把握在我们回来之前不会停刮的侧风，我们绝不会出海去冒这种险。而对风向的预测我们很少出错。六年期间，我们因为没风而被迫在那儿抛锚过夜的事只发生过两次，天上一丝风也没有的情况在我们这儿十分少见；还有一次我们不得不在那边渔场上逗留了将近一个星期，差点儿没被饿死，那是因为我们刚到渔场不一会儿就刮起了狂风，狂风使水道怒浪滔天，那狂暴劲儿叫人想都不敢想。不管怎么说，那次我们本该被冲进深海，因为那些漩涡使我们的船旋转得那么厉害，结果连锚都被缠住了，我们只得拖着锚随波逐流。但幸好我们漂进了那些纵横交错的暗流中的一条，今天漂到这儿，明天漂到那儿，最后顺流漂到了弗里门岛背风的一面，在那儿我们侥幸地抛下了锚。

“我们在‘渔场那边’遭遇的艰难，我真难以向你一言道尽。那是个险恶的地方，即便在好天也不太平，但我们总能设法平安无事地避开莫斯肯漩涡的魔掌。不过也有过吓得我心都提到嗓子眼的时候，那就是我们通过主水道的时间碰巧与平潮时间前后相差那么一分钟左右的时候。有时起航后才发现风不如我们预测的那么强劲，我们只好缩短我们本来该绕的圈子，这时候海流就会把船冲得难以控制。当时我哥哥已有个18岁的儿子，我也有两个健壮的男孩。在刚才说到的那种需要划桨加速的时候，或是在到达渔场后撒网捕鱼的时候，孩子们都可以成为很好的帮手。可不知什么缘故，尽管我们自己就在玩命，却没勇气让孩子们去冒风险，因为那毕竟是一种可怕的危险，这话可一点不假。

“再过上几天，我下面要给你讲的那件事就已经发生三年了。那是18××年7月10日，这一带的人永远都忘不了那个日子，因为就在那天，这里刮过一场从来没有过的最可怕的飓风。然而在那天上午，实际上一直到下午很晚的时候，天上还一直吹着轻柔而稳定的西南风，头顶上也一直艳阳高照，所以连我们中最老的水手也没料到会骤然变天。

“我们三人，我两个兄弟和我，在下午 2 点左右到达那边的岛屿之间，并很快就让鱼舱几乎装满了好鱼，我们都注意到那天捕的鱼比以往任何时候都多。7 点整，根据我表上的时间，我们开始满载返航，好趁平潮期驶过那涡流的主水道，我们知道下次平潮是在 8 点。

“我们乘着从右舷一侧吹来的劲风驶上归途，以极快的速度行驶了好一阵子，压根儿没想到有什么危险，因为事实上我们看不出任何值得担忧的迹象。可突然之间，从赫尔辛根山方向吹来的一阵风让我们吃了一惊。这种情况异乎寻常，我们以前从没遇到过，我不由得感到一点不安，不过我不清楚不安的缘由。我们让船顺着那阵风，但由于流急涡旋，船却完全没法前进。我正想建议把船驶回刚才停泊的地方，这时我们朝后一望，但见整个天边已被一种正急速升腾的黄铜色怪云笼罩。

“与此同时，刚才阻挠我们的那阵风也渐渐消失，我们完全没有了前行所需的风力，一时间只能随波逐流。可这种情况并未延续多久，甚至不够我们细想一下当时的处境。不出一分钟，风暴降临我们头上。不出两分钟，天空布满了乌云。乌云遮顶加上水雾弥漫，我们周围顿时变得漆黑一团，以至于同在一条船上也彼此看不见对方。

“要描述当时那场飓风可真是痴心妄想。整个挪威最老的水手也不曾有过那种经历。我们趁那飓风完全刮来之前赶紧收起了风帆，可第一个风头就把我们的两根桅杆都刮倒在船外，仿佛它们早就被锯断了似的。主桅杆把我弟弟也带进了海里，因为他为安全起见把自己绑在了桅杆上。

“我们的船是海上船只中最轻巧的一种。它有一层十分平滑的甲板，只在靠近船头的地方有个小小的舱口，而我们一直习惯于在驶越大漩涡之前钉上扣板，将其密封，以防汹涌的海水灌入。要不是采取了那样的措施，恐怕我们早就沉到了海底，因为有一阵子我们完全被埋在水下。我说不上我哥哥是如何逃过那灭顶之灾的,因为我根本就没机会去弄明白。至于我自己，当时我一放下前帆就趴倒在甲板上，用双脚紧紧抵住船头狭窄的船舷上沿，两手则死死抓住前桅杆下一个环端螺栓。我那样做仅仅是由于本能的驱使，那无疑也是我当时最好的选择，因为我慌得没工夫细想。

“正如我刚才所说，有一阵子我们完全被埋在水下，其间我一直屏住呼吸，并紧紧抓住那个螺栓。待我实在不能再坚持时我才跪下身来，但抓螺栓的手一点也没放松，因此我保持了神志清醒。接着我们的小船晃了一阵，就像狗从水中出来时晃动身子，这样多少总算从水下钻出了水面。我正试图驱散刚向我袭来的一阵恍惚，好定下神来考虑对策，这时我觉得有人抓住了我一条胳臂。那是我哥哥，我高兴得心里直跳，因为我刚才以为他肯定已掉到海里了。可我的高兴转眼之间就变成了恐惧，因为他把嘴凑近我的耳朵，惊恐地喊叫出了那个名字：‘莫斯肯漩涡！’

“没有人会知道我当时是什么心情。我浑身上下直打哆嗦，就像发一场最厉害的疟疾。我清楚他嚷出的那个名词所包含的意义，我知道他想让我明白的是什么。随着那阵驱赶我们的狂风，小船正飞速驶向莫斯肯漩涡，我们已毫无希望得到拯救！

“你也知道，每次穿过这漩涡的主水道，我们总是远远地从漩涡北边绕一个大圈，即便在最好的天气也不例外，然后还得小心翼翼地等待平潮，可现在我们却直端端地被驱向那大漩涡本身，而且是在那样的一场飓风之中！‘当然，’我心中暗想，‘我们到达漩涡时会正赶上平潮。这样我们也许还有一线生机。’但紧接着我就诅咒自己是个十足的白痴，居然会想到从大漩涡生还的希望。我知道得非常清楚，就算我们是一条比有 90 门大炮的战列舰还大 10 倍的船，这次也是在劫难逃。

“这时风暴的头一阵狂怒已经减弱，或者是因为我们顺风行驶而觉得它不如刚才凶狂，但不管怎样，刚才被狂风镇服、压平、只翻涌着泡沫的海面，现在卷起了一排排山一样的巨浪。天上也起了一种奇异的变化。虽说周围仍然是一片漆黑，可当顶却骤然裂开一个圆孔，露出一圈晴朗的天空，我所见过的最清澈明朗的天空，呈一种深沉而晶莹的湛蓝。透过那孔蓝天涌出一轮圆月，圆月闪耀着一种我从不知月亮有过的光华。月光把我们周围的一切照得清清楚楚。可是，天哪，它照亮的是一番什么景象！

“我当时试了一两次要同我哥哥说话，可我弄不明白是怎么回事，震耳欲聋的喧嚣声越来越猛，我扯开嗓门对着他耳朵喊叫也没法让他听到我的声音。不一会儿他朝我摇了摇头，面如死灰地竖起一根手指，仿佛是在说‘听！’。

“开始我还弄不懂他的意思，但紧接着一个可怕的念头倏然掠过脑际。我从表袋里掏出怀表。指针没有走动。我借着月光看了一眼表面，不禁哇地一下哭出声来，随之把怀表扔进了大海。表在 7 点钟时就已停走！我们已经错过了平潮期，此时的大漩涡正在狂怒之中！

“当一条建造精良、结构匀称且载货不多的船顺风而行时，被强风掀起的海浪似乎总是从它的船底一滑而过，对不懂航海的人来说，这显得很奇怪，可用海上的行话来说，那就叫骑浪。对啦，在此之前我们就一直在骑浪而行。但不久一个巨大的浪头紧紧贴住了我们的船底，并随着它的涌起把我们给托了起来，向上，向上，仿佛把我们托到了空中。我真不敢相信浪头能涌得那么高。然后，伴随着一顿，一滑，一坠，我们的船又猛然往下跌落，跌得我头昏眼花，直感恶心，就像是在梦中从山顶上往下坠落。但当我们被托起时，我趁机朝四下扫了一眼，而那一眼就完全足够了。我一眼就看清了我们的准确位置。莫斯肯大漩涡就在我们正前方大约四分之一英里处，但它已不像平日所见的莫斯肯涡流，而像你刚才所见到的水车沟一样的漩涡。如果我当时不知道我们身在何处，不知道我们正面临什么，那我一定完全认不出那地方。事实上，那一眼吓得我当即闭上了眼睛，上下眼皮像抽筋似的自己合在了一起。

“其后可能还不到两分钟，我们突然觉得周围的波涛平息了下来，包围着小船的是一片泡沫。接着小船猛地朝左舷方向转了个直角，然后像一道闪电朝这个新的方向猛冲。与此同时，大海的咆哮完全被一种尖厉的呼啸声吞没。要知道那种呼啸声，你可以想象几千艘汽船的排气管同时放气的声音。我们当时是在那条总是环绕着大漩涡的浪带上。当然，我以为下一个时刻马上就会把我们抛进那个无底深渊。由于我们的船以惊人的速度在飞驶，我们只能朦朦胧胧地看见下面。可小船并不像要沉入水中，而是像一个气泡滑动在水的表面。船的右舷靠着漩涡，左舷方则涌起我们刚离开的那片汪洋。此时那片汪洋像一道扭动着的巨墙，横在我们与地平线之间。

“说来也怪，真正到了那漩涡的边上，我反倒比刚才靠近时平静了许多。一旦横下心来听天由命，先前让我丧魂失魄的那种恐惧倒消除了一大半。我想，当时使我平静下来的正是绝望。

“这听起来也许像在吹牛，但我告诉你的全是实话。我开始想到，以这样的方式去死是多么壮丽，想到面对上帝的力量如此叹为观止的展现，我竟然去考虑自己微不足道的生命，这是多么可鄙，多么愚蠢。我确信，当时这种想法一闪过我脑子，我的脸顿时羞得通红。过了一会儿，我终于被一种想探究那个大漩涡的强烈的好奇心所迷住。我确实感到了一种想去勘测它深度的欲望，即使为此而丢掉生命也在所不惜，可我最大的悲伤就是我永远也不可能把我即将看到的秘密告诉我岸上那些老朋友。毫无疑问，这些想法是一个面临绝境的人脑子里的胡思乱想。后来我常想，当时也许是小船绕漩涡急速旋转使得我有点儿神志恍惚了。

“使我恢复镇静还有另一个原因，那就是风停了，风已吹不到我们当时所处的位置，因为正如你现在亲眼所见，那圈浪带比大海的一般水位低得多，当时海面高高地耸在我们头顶，像一道巍峨的黑色山梁。要是你从没在海上经历过风暴，那你就没法想象风急浪高在人心中造成的那种慌乱。风浪让你看不清,听不见，透不过气来，让你没有力气行动也没有精力思考。可我们当时基本上摆脱了那些烦恼，就像狱中被宣判了死刑的囚徒被允许稍稍放纵一下，而在宣判之前则禁止他们乱说乱动。

“说不清我们在那条浪带上转了多少圈。我们就那样绕着圈子急速地漂了大约一个小时，说是漂还不如说是飞，渐渐地移到了浪带中间，然后又一点一点向浪带可怕的内缘靠近。这期间我一直没松开那个螺栓。我哥哥则在船尾抓住一只很大的空水桶，那水桶一直牢固地绑在船尾捕鱼笼下面。飓风头一阵袭击我们时，甲板上唯一没被刮下海的就是那只大桶，而就在我们贴近那漩涡边缘时，他突然丢下那只桶来抓环端螺栓，由于极度的恐惧，他力图强迫我松手。因为那个环并不大，没法容我们兄弟俩同时抓牢。见他有这种企图，我感到了前所未有的悲伤，尽管我知道他这样做时已神经错乱，极度的恐怖已使他癫狂。不过我并不想同他争那个螺栓。我认为我俩谁抓住它结果都不会有什么不同。于是我让他抓住那个环，自己则去船尾抓住那只桶。这样做并不太难，因为小船旋转得足够平稳，船头船尾在同一水平面，只是随着那漩涡巨大的摆荡，前后有些倾斜。我勉强在新位置站稳脚跟，船就猛然向右侧一歪，头朝下冲进了那个漩涡。我匆匆向上帝祷告了两句，心想这下一切都完了。

“当我感觉到下坠时那种恶心之时，我早已本能地抓紧木桶并闭上了眼睛。有好几秒钟我一直不敢睁眼，我在等待那最后的毁灭，同时又纳闷怎么还没掉到水底做垂死的挣扎。可时间一刻一刻地过去。我仍然活着。下坠的感觉消逝了，小船的运动似乎又和刚才在浪带上旋转时一样，只是现在船身更为倾斜。我壮着胆子睁开眼再看一看那番情景。

“我永远也忘不了我睁眼环顾时那种交织着敬畏、恐惧和赞美的心情。小船仿佛被施了魔法，看起来就像悬挂在一个又大又深的漏斗内壁表面上。要不是那光滑的内壁正以惊人的速度在旋转，要不是它正闪耀着亮晶晶的幽光，那水的表面说不定会被误认为是光滑的乌木。原来那轮皓月正从我刚才描述过的那个乌云当中的圆孔把充溢的金光倾泻进这个巨大的漩涡，光线顺着乌黑的涡壁，照向深不可测的涡底。

“一开始我慌乱得根本无法细看，蓦然映入眼帘的就是这幅可怕而壮美的奇观。但当我稍稍回过神来，我的目光便本能地朝下望去。由于小船是悬挂在涡壁倾斜的表面，我朝下方看倒能够一览无余。小船现在非常平稳，那就是说它的甲板与水面完全平行，但由于水面以 45 度多一点的角度倾斜，小船看起来几乎要倾覆。然而我不能不注意到，我几乎并不比在绝对水平时费劲就能抓紧水桶，固定身体。现在想来，那是因为我们旋转的速度。

“月光似乎一直照向那深深漩涡的涡底，可我仍然什么也看不清，因为有一层厚厚的雾包裹着一切，浓雾上方悬着一道瑰丽的彩虹，就像穆斯林说的那座狭窄而晃悠的小桥，那条今生与来世之间唯一的通道。这层浓雾，或说水沫，无疑是那个漩涡巨大的水壁在涡底交汇相撞时形成的，可对水雾中发出的那种声震天宇的呼啸，我可不敢妄加形容。

“我们先前从那条涌着泡沫的浪带上朝漩涡里猛然一坠，这已经使我们沿着倾斜的水壁向下滑了一大段距离，但其后我们下降的速度与刚才完全不成比例。我们一圈又一圈地随着涡壁旋转，但那种旋转并非匀速运动，而是一种令人头昏目眩的摆动，有时一摆之间我们只滑行几百英尺，而有时一摆之间我们却几乎绕涡壁转了一圈。我们每转一圈所下降的距离并不长，但也足以被明显地感知。

“环顾承载着我们的那道乌黑的茫茫水壁，我发现漩涡里卷着的并非仅仅是我们这条小船。在我们的上方和下面都可以看到船只的残骸、房屋的梁柱和各种树干，另外还有许多较小的东西，诸如家具、破箱、木桶和木板等等。我已经给你讲过了我那种反常的好奇心，那种使我消除了恐惧感的好奇心。现在当我离可怕的死亡越来越近时，我那种好奇心似乎也越来越强烈。我怀着一种不可思议的兴趣开始观察那许许多多随我们一道漂浮的物体。我肯定是神经错乱了，因为我居然津津有味地去推测它们坠入那水沫高溅的涡底时的相对速度。有一次我竟发现自己说出声来，‘这下肯定该轮到那棵枞树栽进深渊，无影无踪了’，可随之我就失望地看到一条荷兰商船的残骸超过那棵枞树，抢先栽进了涡底。我接着又进行了几次类似的猜测，结果没有一次正确。这一事实，我每次都猜错这一事实，终于引得我思潮起伏，以至于我四肢又开始发抖，心又开始怦怦乱跳。

“使我发抖心跳的不是一种新的恐惧，而是一种令人激动的希望。这希望一半产生于记忆，一半产生于当时的观察。我想起了那些被莫斯肯漩涡卷入又抛出，然后漂散在罗弗敦沿岸的各种各样的东西。那些东西的绝大部分都破碎得不成样子，被撞得千疮百孔，被擦得遍体鳞伤，仿佛是表面上被粘了一层碎片，但我也清楚地记得有些东西完全没有变形走样。当时我只能这样来解释这种差异，我认为只有那些破碎得不成样子的东西才被完全卷到了涡底，而那些未变形的东西要么是涨潮末期才被卷进漩涡，要么是被卷进后因某种原因而下降得太慢，结果没等它们到达涡底潮势就开始变化，或是开始退潮，这就视情况而定了。我认为无论是哪种情况，这些东西都有可能被重新旋上海面，而不遭受那些被卷入早或沉得快的东西所遭受的厄运。我还得出了三个重要的观察结论。第一，一般来说，物体越大下降越快；第二，两个大小相等的物体，一个是球形，另一个是其他任何形状，下降速度快的是球形物；第三，两个大小相等的物体，一个是圆柱形，另一个是其他任何形状，下降速度慢的是圆柱形物体。自从逃脱那场劫难以来，我已经好几次同这个地区的一名老教师谈起这个话题，我就是从他那儿学会了使用'圆柱形'和'球形'这些字眼。他曾跟我解释（虽然我已经忘了他解释的内容）为什么我所看到的实际上就是各种不同漂浮物的必然结果，他还向我示范，圆柱形浮体在漩涡中是如何比其他任何形状的同体积浮体更能抵消漩涡的吸力，因而也就更难被吸入涡底。[1]

“当时还有种惊人的情况有力地证明了我那些观察结论，并使得我迫不及待地跃跃欲试。那种情况就是当我们一圈一圈地旋转时，我们超过了不少诸如大木桶或残桁断桅之类的东西，我最初睁开眼看漩涡里那番奇观时，有许多那样的东西和我们在同一水平线上，可后来它们却留在了我们上面，似乎比原来的位置并没有下降多少。

“我不再犹豫。我决定把自己牢牢地绑在我正抓住的那只大木桶上，然后割断把它固定在船尾的绳子，让木桶和我一道离船入水。我用手势引起我哥哥的注意，指给他看漂浮在我们船边的一些大木桶，千方百计让他明白我打算做什么。我最后认为他已经明白了我的意图，但不管他明白与否，他只是绝望地向我摇头，不肯离开他紧紧抓住的那个螺栓。我当时不可能强迫他离船，当时情况紧急，刻不容缓。于是我只好狠狠心让他去听天由命，径自用固定木桶的绳索把自己绑

1　参见阿基米德《论浮体》（*De Incidentibus in Fluido*）第 2 部分。——原注

在桶上，并毫不犹豫地投入水中。

“结果与我所希望的完全一样。因为现在是我在给你讲这个故事，因为你已经看到我的确劫后余生，因为你已经知道了我死里逃生的方法，因此也肯定能料到我接下去会讲些什么，所以我要尽快地讲完我的故事。大约在我离船后一个小时，早已远远降到我下面的那条船突然飞速地一连转了三四圈，然后带着我心爱的哥哥，一头扎进了涡底那水沫四溅的深渊，一去不返。而绑着我的那只大木桶只从我跳船入水的位置朝涡底下降了一半多一点儿的距离，这时漩涡的情形起了巨大的变化。涡壁的倾斜度变得越来越小。旋转的速度变得越来越慢。水沫和彩虹渐渐消失，涡底似乎开始徐徐上升。当我发现自己又升回海面时，天已转晴，风已减弱，那轮灿灿明月正垂悬西天，我就在能望见罗弗敦海岸的地方，就在刚才莫斯肯漩涡的涡洞之上。当时是平潮期，但飓风的余威仍然使海面卷起小山般的波涛。我猛然被推进了大漩涡的水道，在几分钟内就顺着海岸被冲到了渔民们捕鱼的‘渔场’。一条渔船把我打捞上来，当时我已累得精疲力竭，恐怖的记忆（既然危险已过去）使我说不出话来。救我上船的那些人都是我的老伙计和经常见面的朋友，可他们居然仅仅把我当作一名死里逃生的游客。我前一天还乌黑发亮的头发当时就已经白成了你现在所看见的这个样子。他们还说我脸上的神情都完全变了。我给他们讲了我那番经历。他们并不相信。现在我讲给你听，可我并不指望你会比那些快活的罗弗敦渔民更相信我的故事。”

陷坑与钟摆

就在这儿，那群贪婪而邪恶的暴徒，
曾长久地对无辜者的鲜血怀着仇恨。
如今祖国已解放，死亡之狱被摧毁，
死神曾猖獗之处将出现健康的生命。

——为巴黎雅各宾俱乐部原址所建之市场大门而作的四行诗

我真虚弱。由于那种漫长的痛苦，我已经虚弱不堪，而当他们终于替我松绑，并允许我坐下之时，我觉得我的知觉正在离我而去。那声宣判，那声可怕的死刑宣判，便是传进我耳朵的最后一个清晰的声音。从那之后，法官的声音就仿佛消失在一种梦一般模糊的嗡嗡声中。它使我想到了天旋地转这个概念，这也许是在恍惚中由此而联想到了水车的声音。这种情况只延续了一会儿，因为很快我就什么也听不见了。不过我暂时还能看见，只是所看见的是一种多么可怕的夸张！我看见了那些黑袍法官的嘴唇。它们在我看来非常苍白，比我写下这些黑字的白纸还白，而且薄得近乎于荒诞。那么薄的嘴唇居然能说出斩钉截铁的词句，做出不容更改的判决，对人类的痛苦表现出冷酷的漠然。我看见那个决定我命运的判决无声地从那些嘴唇间流出。我看见那些嘴唇说话时可怕的扭动。我看见它们形成了我名字发音的口形。我为此一阵战栗，因为没有随之而来的声音。在一时间因恐怖造成的谵妄之中，我还看见遮住房间四壁的黑色幔帐轻得几乎不为人察觉的波动。然后我的目光落在了桌上的七支长蜡烛上。开始它们还呈现出一副仁慈博爱的模样，宛如一群会拯救我的白色小天使。可转眼之间我突然感到一阵恶心，感到我身上的每一根纤维都猛然一震，就好像我碰到了伽伐尼电池组的导线，与此同时，那些天使都变成了头顶冒着火苗的毫无意义的幽灵，我看出不可能指望它们来拯救。随即一个念头像一支优美的曲调悄悄地溜进了我的想象：坟墓中的安眠一定非常美妙。那念头来得悄然而隐秘，似乎过了好一阵我才充分意识到它的来临。但正当我终于完全感觉到它并接受它时，那些法官的身影突然像变戏法似的从我眼前消失；七支长长的蜡烛化为乌有，它们的火苗完全熄灭。随之而来的便是一片黑暗中的黑暗，所有的感觉仿佛都被灵魂坠入地狱时的那种飞速下降所吞没。然后就是那个沉寂而静止的冥冥世界。

我当时虽已昏迷，但仍然不能说我全部的知觉都已丧失。剩下的到底是一种什么状况，我现在无意下定义，甚至不想加以描述。但我并非完全失去了知觉。在沉睡中？不是！在谵妄中？不是！在昏迷中？不是！在死亡中？也不是！即使长眠于坟墓中也不会完全失去知觉。否则对人类便无不朽可言。从睡眠之最深处醒来的过程中，我们冲破一层梦的丝网。可转眼之间（也许那层丝网太薄），我们不再记得梦中所见的一切。从昏迷中苏醒过来有两个阶段：第一阶段是心理或精神存在意识的苏醒，第二阶段是生理存在意识的苏醒。看来情况很可能是这样的，如果我们苏醒到第二阶段时尚能回忆起第一阶段的印象，那我们就会发现这些印象有助于我们忆及在此之前的那个昏迷之深渊。那个深渊是怎么回事？至少，我们该如何区别那个深渊的阴影和坟墓的阴影？但即使我刚才称之为第一阶段的印象未被随意记起，可难道它们不会在很久以后自动冒出来，哪怕我们会惊于它们从何而来？从不曾昏迷过的人绝不会看到奇异的宫殿和在煤火中显现的非常熟悉的面孔，绝不会看到许多人也许看不到的暗淡的幻影在半空中飘浮，绝不会沉湎于某种奇花的芬芳，他的大脑也不会为某种以前没引起过他注意的韵调的意义而感到困惑。

在我经常有意识地去回忆那种昏迷状态的努力中，在我认真地去追忆我昏迷时所陷入的那种表面上的虚无状态之特征的努力中，也有过一些我认为是成功的时刻。有过一些我居然唤起了记忆的很短很短的瞬间，而其后清醒的理智使我确信，那些短暂的记忆只可能与当时那种表面上的无意识状态有关。这些少量的记忆隐隐约约地证明，当时一些高大的身影把我抬起，并默默无声地抬着我往低处走去，下降，继续下降，直到我感到那下降没有止境，感到一种可怕的眩晕向我压来。记忆还证明当时我心中有一种说不出的恐惧，因为当时心脏静得出奇。接着突然有一种一切都静止不动的感觉，仿佛那些抬我的人（一群可怕的家伙）在下降的路上已经超过了没有止境的界线，由于精疲力竭才停下来歇一会儿。在那之后，我还记起了晦冥与潮湿，然后一切都是疯狂，一种忙于冲破禁区的记忆的疯狂。

突然，我的心灵恢复了运动和声音，心一阵骚乱地运动，耳朵听到了心动的声音。接着是一阵短时间的空白。然后又有声音，又有运动，并有了触觉，一种弥漫我全身的刺痛的感觉。接着是一种没有意志的纯粹的存在意识，这种状态延续了较长时间。然后突然之间，意志恢复，恐惧感苏醒，并产生了一种急于了解我真实处境的意图。接着是一种想重新失去知觉的强烈欲望。然后是心智完全复活，行动的努力也获得成功。随之而来的便是对审判、法官、黑幔、判决、虚弱和昏迷的清楚回忆。接着就是昏迷之后那遗忘中的一切，那在后来经过许多努力才使我模模糊糊地回忆起来的一切。

到此为止，我尚未睁开眼睛。我感觉到自己是仰面躺着，手脚没被捆绑。我伸出一只手，它无力地垂落在某个潮湿而坚硬的表面。我让手保持在那个位置。与此同时，我竭力去猜想自己身在何处，处境会怎样。我极想睁开眼睛，但又不敢。我害怕向周围看第一眼。这并不是说我害怕见到什么吓人的东西，而是因为我唯恐睁开眼睛会什么也看不见。最后我终于心一横，猛然把眼睛睁开。结果我所担心的得到了证实。包裹着我的是永恒之夜的黑暗。我困难地喘息着。那沉沉黑暗似乎压得我喘不过气来。空气也湿闷得令人难以忍受。我仍然静静地躺着，开始尽力运用我的理智。我回想起了这次宗教法庭审判的全过程，并力图以此推断出我当时的真实处境。死刑判决已经宣布，那对我来说仿佛已是很久以前的事情。但我从来没有认为自己真已死去。不管我们在小说中读到些什么，那类想象与真实情况都完全不相符。可我究竟在哪儿？情况到底怎样？我知道，被宗教法庭判处死刑的异端通常是被捆在火刑柱上烧死，而我受审的当天夜里就已经执行过那样一次火刑。难道我已被押回原来那个地牢，等待将在数月后举行的另一次火刑？我马上就看出这不可能。受害者从来都是被立即处死。再说我原来那间地牢和托莱多城[1]所有的死牢一样是石头地面，而且也并非一丝光都没有。

一个可怕的念头突然令我血流加快，心跳加剧，一时间我又陷入昏迷。待我重新醒来,我蓦地一跃而起，浑身忍不住瑟瑟发抖。我伸出双手上下左右乱摸了一阵。我什么也没摸到，但我仍然不敢挪动一步，生怕会被墓壁挡住去路。我浑身直冒冷汗，豆大的汗珠凝在额顶。这种悬疑不安的痛苦终于使我不能承受。于是我小心翼翼地向前挪动了脚步，双臂朝前伸得笔直，两眼睁得几乎要突出眼窝，希望能看见一丝微弱的光线。我朝前走了好几步，可周围仍然只有黑暗与空虚。我稍稍松了一口气。看来很清楚，至少我待的地方还不是命运最可怕的归宿。

就在我继续小心翼翼往前摸索之时，心里不由得

1 西班牙历史名城，位于马德里西南 71 公里处。

回忆起许许多多关于托莱多城的恐怖传闻。其中也谈到了地牢中的一些怪事，一些我认为不过是无稽之谈的怪事，但那些事毕竟稀奇古怪，可怕得没人敢公开谈论，只有在私下悄悄流传。难道他们是想让我在这个伸手不见五指的地下世界里饿死？或是还有什么更可怕的死法在等着我？我对那些法官的德行了如指掌，所以我并不怀疑我面前只有死路一条，而且知道我会比一般人更痛苦地死去。我一心想知道的，或使我感到迷惑的，只是我具体的死法和时间。

我伸出的手终于碰到一个坚固的障碍物。那是一面墙，摸上去好像是用石头砌成，给人一种光溜溜、黏糊糊、冷冰冰的感觉。这下我顺着墙走，迈出的每一步都带着某些古老的故事灌输给我的谨慎和疑惧。但这样并不能使我弄清那间地牢的大小，我很可能走完一圈回到原处但自己并不知道，因为那面墙摸起来始终是一个样。于是我伸手去掏那把小刀，我记得我被带上法庭时那把小刀还在我衣兜里。可小刀不见了，我的衣服也被换成了一身粗布长袍。我本想将那把小刀插进石壁上的某条细缝，以便确定我起步的位置。尽管在心慌意乱中，那事开始显得像是一个无法克服的困难，但它毕竟是一件容易的事。我从长袍边上撕下一条布带，将其摊平横铺于地上，与墙面形成直角。

这样我在绕墙走完一圈时就不可能不踩到这条布带。至少我当时心里是这么想的。但我没去考虑地牢的大小，也没有想到自己的虚弱。地面又湿又滑，我蹒跚着朝前走了一会儿，然后一个趔趄摔倒在地上。极度的疲乏诱使我就那样躺着，而且睡意很快就向我袭来。

醒来时我伸出一条手臂，发现身边有一块面包和一壶水。我当时又饥又渴，没有去想是怎么回事就狼吞虎咽地把面包和水都送进了肚里。很快我又开始绕着地牢摸索前行，虽然很吃力，但终于回到了那条布带的位置。摔倒之前我已经数了 52 步，醒来后到触到布带我又数了 48 步。这样一共是 100 步。两步可折合 1 码，于是我推测那间地牢的周长为 50 码。但我在摸索绕行的过程中摸出那面墙有许多转角，所以我不能断定那个地窖是什么形状，当时我认为那是个地窖。

我这番探究几乎没有目的，当然更不会有什么侥幸心理，只不过是一种朦朦胧胧的好奇心驱使我探究下去罢了。我放弃了那面墙壁，决定从地牢中央横穿而过。开始我每一步都走得极其小心，因为那地面虽然感觉上很坚实，但非常容易使人滑倒。不过我终于壮起胆子把步子迈得更平稳匀称，力图尽可能笔直地走到对面尽头。我这样毫不迟疑地朝前走了十一二步，这时我刚才因撕布带而扯碎的长袍残边拖曳在我两腿之间。最后我一脚踩住袍边，重重地朝前一头栽倒。

在刚刚摔倒的那阵狼狈之中，我没有马上意识到一个多少有点令人吃惊的情况，但在随后的几秒钟内，当我还趴在地上之时，那情况就引起了我的注意。当时的情况是这样的：我的下巴搁在了黑牢的地面上，但我的嘴及其以上面部却没有碰到任何支撑物，尽管它们的水平位置明显比下巴更低。同时我的前额仿佛是浸在一种阴冷的雾气中，一股霉菌的异味也直往我鼻孔里钻。我伸手一摸，这才浑身一震地发现我正好摔倒在一个圆坑的边上，当然，那圆坑有多大当时我没法确定。在靠近坑沿的坑壁上摸索了一阵，我终于从坑壁上抠出一小块碎片，并让它掉进那个深渊。开始好几秒钟我听到它下落时碰撞坑壁的声音，最后终于听见它阴沉地掉进水里并引起一阵沉闷的回声。与此同时，头顶上也传来一阵好像是急速地开门又关门的声响，其间一道微弱的光线倏地划破黑暗，接着又骤然消失。

我已看清了替我安排好的死亡，并暗暗庆幸那使我免于坠入陷坑的及时的一跤。若摔倒之前我再多走一步,那我就早已不在人世了。我侥幸逃脱的那种死法，与我以前听说但认为荒诞不经、难以置信的关于宗教法庭处死人的传闻相同。死于宗教法庭暴虐的人有两类死法，一类是死于直接的肉体痛苦，一类是死于最可怕的精神恐惧。他们为我安排的是第二类死法。当时长久的痛苦早已使我神经脆弱，以至于我听到自己的声音都禁不住发抖，所以无论从哪方面看，他们为我安排的死法都是对我最恰当不过的折磨。

我战战兢兢地摸索着回到墙边，横下一条心宁死也不再冒险去受那些陷阱的惊吓，我当时想象那个地牢遍地都是陷阱。在另一种精神状态下，我说不定会有勇气跳进那样的深渊，在瞬间结束痛苦，可当时我是个十足的懦夫。另外我总忘不了以往读到的关于那些陷坑的描述，它们的最可怕之处并非让你一下就死去。

纷乱不安的心情使我清醒了好几个小时，但最后我又昏睡过去。再次醒来时，我发现身边和上次一样有一块面包和一壶水。我口渴难耐，便将那壶水一饮而尽。谅必是水里放了麻醉药，因为水一下肚我就感到一阵不可抗拒的困倦。我陷入一种沉睡，一种犹如死亡的沉睡。我当然不知道我究竟睡了多久，但当我再一次睁开眼时，身边的一切竟然清晰可见。凭着一道我一时说不出从何而来的黄中透绿的强光，我终于看出了那间牢房的大小和形状。

我刚才把它的大小完全弄错了。那间牢房的周长顶多不过25码。这个事实一时间又使我枉费了一番心机，真是枉费心机，因为身陷我那种绝境，还有什么事比牢房的大小更微不足道呢？可我偏偏对这种微不足道的事产生了强烈的兴趣，并绞尽脑汁一心要找出我先前量错的原因。最后我终于恍然大悟。我先前丈量时刚数到第52步就摔倒了，而当时我离那条布带肯定只差一两步。事实上，我几乎已经绕地牢走完一圈。然后我睡着了，而待我醒来时，我肯定是往后走了回头路，这样就把地牢的实际周长差不多多估计了一倍。当时我脑子里一片混乱，所以没注意到我出发时墙是在左边，而当我碰到布带时墙是在右边。

关于地牢的形状我也大错而特错。先前一路摸去我发现许多转角，于是乎我便断定其形状极不规则。由此可见，绝对的黑暗对一个刚从昏迷或睡眠中醒来的人有多大的影响！那些转角不过是由墙上间隔不等的一些微微凹陷所形成。地牢大致上是四方形。我先前以为的石墙现在看来是用一些巨大的铁板或某种其他金属板镶成，那些镶缝或接合处便形成了那些凹处。这个金属牢笼的内壁表面被拙劣地涂满了各种既可怕又可憎的图案，即起源于宗教迷信的那种阴森恐怖的图案。相貌狰狞的骷髅鬼怪以及其他更令人恐惧的图像布满并玷污了地牢四壁。我注意到那些鬼怪图轮廓倒还清晰，只是色彩似乎因褪落而显得模糊，好像是因为空气潮湿的缘故。我还注意到了地面，它是用石头铺成的。地面当中就是那个我先前侥幸没有坠入的圆形陷坑，不过牢房里只有那么一个陷坑。

这一切我看得不甚清楚，而且费了不少力气，因为在睡着之时，我身体所处的情况发生了很大变化。现在我是直挺挺地仰面躺在一个低矮的木架上，一条类似马肚带的长皮绳把我牢牢地缚在木架上边。皮绳一圈又一圈地缠绕我全身，只剩下头部能够活动，另外我的左手能勉强伸出，刚好够得着我身边地上一个瓦盘里的食物。我惊恐地发现那个水壶已经不见了。我说惊恐，因为难以忍受的焦渴正令我口干舌燥。这种干渴显然是我的迫害者们故意造成的结果，因为那盘中盛的食物是一种味道极浓的肉块。

我朝上打量地牢的天花板。它离我有三四十英尺高，其构造与四壁大致相仿。我全部的注意力都被其中一块镶板上画的一个异常的身影吸引住了。那是一幅彩色的时间老人画像，跟一般的画法没多大不同，只是他手里握的不是一柄镰刀，开始晃眼一看，我还以为他手里握着的是一个巨大的钟摆，就像我们在老式钟上所看见的那种。但是这个钟摆外形上的某种奇异之处引起了我更多的注意。当我目不转睛地朝上盯着它看时（因为它的位置在我的正上方），我觉得我看见它在动。我的这种感觉很快就被证实了。它的摆动幅度不大，当然其速度也慢。我盯着它看了一会儿，心里有点害怕，但更多的是惊奇。最后它单调的摆动终于让我看厌了，于是我移开目光去看牢里其他东西。

一阵轻微的响动引起了我的注意。我朝地上一看，只见几只硕大的老鼠正横穿过地板。它们是从我右边视线内的那个陷阱里钻出来的。就在我注意它们之时，它们正成群结队地匆匆朝我逼近，肉香的诱惑使它们都瞪着贪婪的眼睛。我费了极大的精力才把它们吓退。

大约过了半个小时，甚至也许会是一个小时（因为我现在对时间只有个大致上的概念），我又抬眼朝头顶望去。这一看顿使我大惊失色，惶恐不安。那钟摆摆动的幅度已增大到将近1码。作为其必然结果，它摆动的速度也大大加快。但最使我恐慌的是我意识到它明显地往下坠了一截。我这下注意到（不用说我当时有多么恐惧），那钟摆的下端犹如一柄闪闪发亮的月牙形钢刀，从一角到另一角的长度大约有1英尺，两角朝上,朝下的边显然像剃刀一般锋利。也像剃刀一样，那看上去又大又沉的钟摆越往上越细，形成一个完整的宽边锥形结构。锥形的上端悬挂在一根结实的铜棒上，整个结构摆动时在空气中发出嗞嗞的声音。

我再也不能怀疑这个由那些善于折磨人的僧侣独出心裁为我安排的死法。宗教法庭的那些家伙已知道我发现了陷坑，那个预定要让我这种胆大包天、不信国教的人饱尝恐惧滋味的陷坑，那个传闻说是作为宗教法庭极端惩罚的象征地狱的陷坑。我偶然摔那一跤使我免于坠入那个深渊，而我知道，让受刑人惊魂不定，把受刑人诱入陷坑是那些稀奇古怪的地牢死刑之重要组成部分。既然我没能自己掉进陷坑，那即使推我下去也达不到那邪恶计划的预期效果，于是（没有选择余地）一种不同的更温和的死法正等待着我。温和！我居然想到用这个字眼，这使我禁不住微微苦笑。

现在来讲我当时数钢刀摆动次数时的那种比死还可怕的漫长恐惧又有何益！一丝丝，一线线，以一种仿佛要过几个世纪才能觉察到一点的速度，那钟摆慢慢地下降！几天过去了，也许是好多天过去了，那钟摆才终于降到我能感觉到它扇出的微风的高度。那锋利钢刃刻毒的气息才钻进我的鼻孔。我祈祷，我千遍万遍地祈求上苍让它降得快一些。我变得极度疯狂，拼命挣扎，想抬起身去迎住那柄可怕的弯刀的摆动。然后我突然变得平静，静躺着笑看那闪光的死亡，就像个孩子笑看一件稀罕的玩具。

我又完全昏迷了一次，这一次时间很短，因为当我醒来时，丝毫也察觉不出钟摆有所下降。不过昏迷的时间也可能很长，因为我知道那些恶棍会发现我昏迷过去，而他们能随意停止钟摆的摆动。这次醒来我还觉得非常虚弱，简直是觉得自己已虚弱不堪，仿佛是长时间处于饥饿状态。即便是处在痛苦之中，需要食物还是人之天性。我费了很大的劲才把左手伸到皮绳所允许的地方，拿了一点老鼠吃剩的肉。我刚把其中一点放进嘴里，脑子里突然闪过一个尚未成形却令人欣喜的念头，希望的念头。可我与希望还有什么关系？如我所说，那是一个尚未成形的念头，人们有许多这种最终绝不会完全成形的念头。我觉得那念头令人欣喜，带给人希望；但我同时也感到它在形成的过程中就消失了。我拼命想找回那念头，并使它完全成形，但终归徒然。长期的痛苦几乎已耗尽我正常的思维能力。我成了个笨蛋，一个白痴。

钟摆的摆动方向与我竖躺的身体成直角。我看出那月牙形的锋刃将按预计的那样划过我的胸部。它将会擦到我的囚袍，它将会一遍又一遍地从囚袍上擦过。尽管它可怕的摆动幅度（已达 30 英尺甚至更多）和它发出咝咝声的下降力度足以劈开那些铁壁，但它磨穿我的囚袍仍然需要好几分钟。我这个念头到此为止。我不敢接着再往下想。我紧紧地抓住这个念头不放，仿佛只要紧紧抓住这个念头，我就能阻止那柄钢刀下降。我强迫自己去想象那月牙形的锋刃擦过囚袍时的声音，去想象那磨擦声作用于神经所产生的那种独特的毛骨悚然的感觉。我就这么想象这些无聊的细节，直到想得我牙根发颤。

下降，钟摆悄悄地慢慢下降。我从比较它的摆动速度和下降速度之中感到了一种疯狂的快感。向右，向左，摆得真远，像坠入地狱的灵魂在尖叫，像一头悄悄接近猎物的老虎一步一步接近我的心脏！随着一种念头或另一种念头在脑子里占上风，我忽而大笑，忽而怒号。

下降，钟摆无疑而且无情地下降！它的摆动离我的胸口只剩下3英寸！我拼命挣扎，疯狂挣扎，想挣开左臂。我左臂只有肘关节以下能够自由活动。我能够吃力地把左手伸到那个盘子和嘴边，但不能伸得更远。若是我能挣脱肘关节以上的束缚，我就会抓住并努力阻止那个钟摆。我说不定还会去阻止一场雪崩！

下降，仍然不停地下降，仍然不可避免地下降！钟摆的每一次摆动都引起我一阵喘息、一阵挣扎。每一次摆动都引起我一阵痉挛性的畏缩。怀着由毫无意义的绝望所引发的渴望，我的眼睛紧随着钟摆向外或向上的摆动，而当它朝下摆来时又吓得紧紧闭上。尽管死亡会是一种解脱，哦，多么难以形容的解脱！但一想到那钟摆再稍稍下坠一点，其锋利而发亮的刀刃就会切入我的胸膛，我的每一根神经就禁不住颤抖。正是希望使得我神经颤抖,使得我身子畏缩。正是希望，那战胜痛苦的希望，甚至在宗教法庭的地牢里也对死囚犯窃窃私语。

我看出，那钟摆再摆动十一二次其刀刃就将触到我的囚袍。随着这一观察结果，我绝望的神志突然变得既清醒又冷静。多少个小时以来，也许是多少天以来，我第一次开始了思考。我突然想到，束缚我的皮绳或马肚带是完整的一条，此外没有别的绳子把我捆住。那剃刀般锋利的弯刃划过这根皮绳的任何一处都会将其割断，这样我的左手就有可能使我的整个身子摆脱其束缚。但要是那样的话，那可真正是钢刀已架在了脖子上，稍稍一挣扎都会碰上那刀口！再说，难道那些刽子手事先会没料到并防止这种可能性？而且绕过我胸口的皮绳会不会在钟摆摆动的轨道中呢？唯恐我这线微弱的并且似乎也是最后的希望破灭，我尽力抬起头去看那条皮绳绕过脚部的情形。皮绳横七竖八地紧紧缠绕着我的手脚和身体，唯独避开了刀刃将划过的地方。

我的头几乎尚未放回其原来的位置，我脑子里突然闪出一个念头，准确地说是我上文提到的那个脱身念头尚未形成的一半，也就是先前我把食物送到焦灼的嘴边时模模糊糊地飘忽在我脑子里的那半个念头的另一半。现在整个念头呈现出来了，朦胧，依稀，模糊，但完整。我以一种产生于极度绝望的精力，立即着手实现这一想法。

几个小时以来，我躺在上面的那个矮木架周围一直挤满了老鼠。它们大胆，猖獗，贪婪，一双双血红的眼睛死死地盯住我，仿佛一旦等我不再动弹就会蜂拥而上把我吞噬。我不由得暗想：它们在陷坑里习惯吃什么食物?

虽然我竭尽全力驱赶它们，但它们还是把盘子里的食物吃得只剩下一点肉末。我的左手一直习惯性地在盘子周围挥舞，可后来这种无意识的动作再也不起作用。那些讨厌的家伙在贪吃盘中肉时其尖牙常咬着我的手指。现在我把盘中剩下的那点油滋滋、香喷喷的肉末全部涂在那根皮绳上我左手可及的地方，然后从地板上缩回左手，屏住呼吸一动不动地躺着。

一开始，那些贪婪的小动物对这一变化（我的不动）感到又惊又怕，纷纷惶恐地向后退缩，许多甚至逃回了那个陷坑。但这种情况转瞬即逝。我没有低估它们的贪婪。见我始终一动不动，一两只最大胆的老鼠又蹿上木架，闻了闻那根涂了肉末的皮绳。这一闻好像是总攻的信号。成群结队的老鼠一下子又匆匆涌出陷坑。它们死死缠住了木架，蜂拥其上，并有数百只跳上了我的身子。钟摆有节奏的摆动一点儿也不妨碍它们。它们一边躲闪着不让钟摆撞上，一边忙着啃那根涂了肉末的皮绳。它们压在我身上，一堆一堆重重叠叠地挤在我身上。它们在我脖子上扭动。它们冰凉的尖嘴触嗅着我的嘴唇。我几乎被它们压得喘不过气来。我心里涌起一种莫可名状的厌恶感。一种黏糊糊、滑腻腻的感觉使我的心直发颤。但只一会儿工夫我就感到那场斗争即将结束。我明显地觉察到那根皮绳已经松弛。我知道它被老鼠咬断的地方不止一处。我以一种超人的毅力继续躺着一动不动。

计算上我没出错，那阵难受我也没白熬。我终于感到自由了。那根皮绳已断成一截一截的挂在我身上。但钟摆的锋刃已压到我胸上。它已经划破了囚袍。它已经割破了下面的亚麻衬衫。它又摆荡了两个来回，一阵剧烈的疼痛顿时传遍我每一根神经。可脱身的时刻也已经到了。我的那些救助者随着我的手一挥便纷纷逃去。以一种平稳的动作，小心地一侧，慢慢地一缩，我滑离了那根皮绳的束缚，逃离了那个钟摆的锋刃。至少我一时间获得了自由！

自由！可仍在宗教法庭的魔掌之中！我刚从那可怕的木架上滑到牢房的石头地面，那可憎的钟摆就停止了摆动。接着我看见它被一种无形的力量往上拉，穿过天花板不见了。这对我是一个刻骨铭心的教训。我的一举一动无疑都受到监视。自由！我只不过是逃脱了一种痛苦的死法，随之而来的将是比死亡还痛苦的折磨。想到这儿，我神经质地环顾囚我于其中的几面铁壁。显而易见，某种异常，某种一开始还令我回不过神来的变化，已经发生在这间地牢。在好一阵恍恍惚惚、战战兢兢的出神之中，我徒然地绞尽脑汁去东猜西想。在这段时间里，我第一次意识到了那道照亮地牢的黄中透绿的光线之来源。光从一条沿着整个地牢墙脚伸延的宽约半英寸的缝隙中透进，这样看起来墙壁仿佛完全是与地面分开的，实际情况也的确如此。我拼命想从那条缝隙看到外边，结果当然是枉费心机。

当我放弃那企图从地上站起来时，我突然看出那牢房发生了什么样的变化。我先前曾注意到，墙上那些鬼怪图的轮廓虽然清晰，可色彩却显得模模糊糊。但现在这些色彩已显现出并越来越鲜明地显现出一种令人吃惊的最光彩夺目的灿烂，这使得那些鬼怪图更显恐怖，连比我神经健全的人见了也会毛骨悚然。那些鬼怪突然间都长出了我先前不曾看见过的眼睛，现在这些可怕而又极富生气的魔眼正从四面八方瞪着我，而且都闪出火一般的光焰。我无论如何想象也没法认为那火是我的幻觉。

幻觉！我甚至连呼吸都觉得铁板烧红的气息直往鼻孔里钻！地牢里弥漫着一种令人窒息的气味！那些盯着我受煎熬的眼睛变得越来越亮！一种比血更浓艳的红色在那些血淋淋的恐怖画上蔓延。我气喘吁吁！我上气不接下气！这毫无疑问是那些刽子手的阴谋。哦！最无情的家伙！哦！最凶残的恶棍！我从那炽热的铁壁往地牢当中退缩。想到马上就要被活活烧死，那陷坑的阴凉似乎倒成了我灵魂的安慰。我迫不及待地冲到那可怕的坑边，睁大眼睛朝下张望。从烧着的牢顶发出的火光照亮了陷坑的幽深之处。可是，我所看见的一时间差点使我疯狂，我的心灵拒绝去领悟我所见的是何意义。但最后那意义终于闯入了我的心灵，在我发抖的理智上烙下了它的印记。哦！无可言表！哦！真正的恐怖！哦！除此之外任何恐怖都算不上恐怖！我一声尖叫，逃离坑边，双手捂着脸失声痛哭。

温度急剧升高，我又一次抬眼张望，浑身不由得像发疟疾似的一阵战栗。地牢里发生了第二次变化，这一次显然是形状的变化。像刚才一样，我一开始也是无论如何也弄不明白到底出了什么事。但这一次我很快就回过神来。宗教法庭因我两度脱险而加快了报复,这次再也不可能与死神周旋。地牢本来是四方形的。可我现在看见那铁壁的四角有两个成了锐角，另外两个成了钝角。这可怕的变化随着一种低沉的轰隆声或呼啸声飞速加剧。转眼之间,地牢已经变成了一个菱形。但变化并没有到此为止，我也一点儿不希望它到此为止。我可以把那火红的四壁拥抱进我的胸膛，作为一块永恒的裹尸布。“死亡,”我说，“除了死于那陷坑，我接受任何死亡！”白痴！我难道会不知道把我逼进陷坑正是这火烧铁壁的目的？难道我能忍受铁壁的炽热？即便能忍受，难道我能经得起它的压力？此时那菱形变得越来越扁，其变化速度快得不容我思考。菱形的中心，当然也就是最宽处，已刚好在那张着大口的深渊之上。我缩离陷坑，可步步逼近的铁壁不可抗拒地把我推向深渊。最后，地牢坚实的地面已没有供我因烧灼而扭曲的身体立足之地。我不再挣扎，但我灵魂之痛苦在一声响亮的、长长的、绝望的、最后的喊叫中得以发泄。我感觉我正在深渊边摇晃。我移开了目光。

忽闻一阵乱哄哄的鼎沸人声！一阵嘹亮的犹如许多号角吹响的声音！一阵震耳的好像无数雷霆轰鸣的声音！一只伸出的手臂抓住了我的胳膊，就在昏晕的我正要跌进那深渊之际。那是拉萨尔将军[1]的手。法国军队已进入托莱多城。那个宗教法庭落在了它的敌人手中。

1 指拉萨尔伯爵（Comte de Lasalle, Antoine-Chevalier-Louis Colbert，1775—1809），拿破仑麾下将军，半岛战争（1808—1814）初期曾率法军攻占过托莱多城。

瓶中手稿

人之将死，无密可瞒。

——基诺《阿蒂斯》

关于故国和家人我没有多少话可说。岁月的无情与漫长早已使我别离了故土，疏远了亲人。世袭的家产供我受了不同寻常的教育，而我善思好虑的天性则使我能把早年辛勤积累的知识加以分门别类。在所有知识中，德国伦理学家的著作曾给予我最大的乐趣；这并非因为我对他们的雄辩盲目崇拜，而是因为我严谨的思维习惯使我能轻而易举地发现他们的谬误。天赋之不足使我常常受到谴责，想象力之贫乏历来是我的耻辱，而植根于我观念中的怀疑论则任何时候都使我声名狼藉。实际上，我担心我对物理学的浓厚兴趣已经使我的脑子里充满了流行于当今时代的一种错误思想，我是说现在的人总习惯认为任何偶发事件都与那门科学的原理有关，甚至包括那些与之风马牛不相及的事件。大体上说，这世上没有人比我更不容易被迷信的鬼火引离真实之领域。我一直认为应该这样来一段开场白，以免下边这个令人难以置信而我却非讲不可的故事被人视为异想天开的胡言乱语，而不被看作是一个从来不会想象的人的亲身经历。

在异国他乡漂泊多年之后，我又于18××年在富饶且人口稠密的爪哇岛登上了从巴达维亚港驶往巽他群岛的航船。我这次旅行只有一个原因，那就是我感到了一种像是魔鬼附身似的心神不定。

我们乘坐的是一条铜板包底、约400吨重的漂亮帆船，是用马拉巴的柚木在孟买建造的。船上装载的是拉克代夫群岛出产的皮棉和油料，此外还有些椰壳纤维、椰子糖、奶油、椰子和几箱鸦片。货物堆放得马虎，所以船身老是摇晃。

我们乘着一阵微风扬帆出海，许多天来一直沿着爪哇岛东海岸行驶，除了偶尔遇上几条从我们要去的巽他群岛驶来的双桅船外，一路上没有什么事可排遣旅途的寂寞。

一天傍晚，我靠在船尾栏杆上观看西北方一朵非常奇特的孤云。它之所以引起我的注意，一是因为它的颜色，二是因为自我们离开巴达维亚以来，这还是第一次见到云彩。我全神贯注地望着它直到夕阳西沉，这时那朵云突然朝东西两边扩展，在水天相接处形成一条窄窄的烟带，看上去宛若长长的一溜浅滩。我的注意力很快又被暗红色的月亮和奇异的海景所吸引。此时的大海瞬息万变，海水似乎变得比平时更透明。虽然我能清楚地看见海底，但抛下铅锤一测，方知船下的水深竟有 15 英寻。这时空气也变得酷热难耐，充满了一种仿佛从烧红的铁块上腾起的热浪。随着夜晚的降临，微风渐渐平息，周围是一片难以想象的寂静。舵楼甲板上蜡烛的火苗毫无跳动的迹象，两指拈一根头发丝也看不出它会飘拂。然而，由于船长说他看不出任何危险的征候，由于我们的船正渐渐漂向海岸，所以他下令收帆抛锚。没派人值班守夜，那些多半是马来人的水手也全都满不在乎地摊开身子在甲板上睡下。我回到舱房，心中不无一种大祸临头的预感。实际上每一种征候都使我有充分的理由判定一场热带风暴即将来临。我刚才把我的担忧告诉了船长，可他对我的话却置若罔闻，甚至不屑给我一个回答便拂袖而去。但这份担忧却使我没法入睡，半夜时分我又起身去甲板。刚踏上后甲板扶梯的最上一级，一阵巨大的嗡嗡声便让我心惊胆战，那声音听起来像是水车轮子在飞速转动，而我还来不及弄清是怎么回事，就觉得整个船身在剧烈颤抖。紧接着，一排巨浪劈头盖脸向我们砸来，把船身几乎翻了个底朝天，然后从船头到船尾席卷过整个甲板。

事后看来，在很大程度上正是那阵来势凶猛的狂风使那条船没有立刻毁于一旦。因为，虽说整条船都被淹没，但由于桅杆全被那阵风折断落到了海里，船不一会儿就挣扎着浮出了水面，在排山倒海的风暴中颠簸了一阵，最后终于恢复了平稳。

我说不清到底是靠什么奇迹，我才幸免于那场灭顶之灾。当时我被那排巨浪打得昏头昏脑，待我回过神来，我发现自己被卡在船尾龙骨与舵之间。当我挣扎着站起身来，惊魂未定地四下张望，我首先想到的就是刚才我们被滚滚巨浪席卷的情景，而最可怕、最难以想象的，是那个飞溅着泡沫把我们吞噬的巨大漩涡。过了一会儿，我听见一个瑞典老人的声音，他是在我们正要离港时登上这条船的。我用尽力气朝他呼喊，他很快就踉踉跄跄地来到了船尾。我俩不久就发现，我俩是这场灾难中仅有的幸存者。甲板上的其他人全都被卷进了大海，而船长和他的副手们也肯定在睡梦中死去，因为船舱里早已灌满了水。没有援助，我俩不能指望能使这条船摆脱困境，而由于一开始我俩都以为船随时都会沉没，所以也没想到采取什么措施。当然，我们的锚链早在第一阵狂风袭来时就像细绳一样给刮断了，不然这条船早已倾覆。现在船正随波逐流飞速地漂动，阵阵涌过甲板的海浪冲刷着我俩。船后部的骨架早已支离破碎，实际上整条船已是百孔千疮；但我们惊喜地发现，几台水泵都还能启动，压舱物也基本没有移位。风暴的前锋已经过去，接下来的疾风并没有多大危险，但我们仍忧心忡忡地希望风浪完全平息。因为我们相信，既然船已破成这副模样，那随风而起的大浪将使我们不可避免地葬身鱼腹。不过，我们这种非常合乎情理的担忧看来不会马上变为现实。因为一连五天五夜（其间我们仅凭好不容易才从船头水手舱中弄来的一点椰子糖充饥）这破船一直顺着一阵虽不及第一场暴风那么猛烈却是我平生所见的最可怕的疾风，以一种难以估计的速度飞一般地漂行。开始四天我们的航向没多大变化，一直是东南偏南正朝着新荷兰[1]海岸的方向。到了第五天，虽说风向已经渐渐偏北，但寒冷却令人难以忍受。一轮昏黄的太阳露出水平线，只往上爬了几英尺高，没有放射出光芒。天上不见一丝云彩，然而风力有增无减，一阵接一阵地猛吹。在我们估计的中午时分，那轮太阳又攫住了我们的注意力。它依然没放射出我们通常称作的光芒，而只有一团朦朦胧胧没有热辐射的光晕，仿

1　新荷兰，澳大利亚的旧称。

佛它所有的光都被偏振过了。就在它将沉入茫茫大海之前，那团光晕的中间部分却不翼而飞，好像是被某种神奇的力量一下扑灭。最后只剩下孤零零一个暗淡的银圈，一头扎入深不可测的海洋。

我们徒然地等待第六天出现。对我来说，那一天尚未到来；就瑞典老人而言，那一天压根儿没来过。从此我俩就陷入了冥冥黑暗，离船 20 步开外的东西都没法看清。漫漫长夜一直笼罩着我们，在热带地区司空见惯的海面磷光也划不破这种黑暗。我们还注意到，虽然暴风仍势头不减地继续怒号，但船边却不见了那种一直伴随着我们的惊涛骇浪。四周是一片恐怖、一片阴森、一片要令人窒息的黑暗。迷信的恐惧悄悄爬进瑞典老人的心头，我胸中也在暗暗诧异。我们不再关心这条破得不能再破的船，只是尽可能地抱紧后桅残杆，痛苦地窥视着冥冥大海。我们没有办法计算时间，也猜不出究竟在什么位置。但我俩心里都清楚，我们已经向南漂到了任何航海家都未曾到过的海域，同时我俩都惊奇为何没碰上照理说应该碰上的冰山。现在每时每刻都可能是我俩的死期，每一个山一般的巨浪都可能把我们淹没。浪潮的起伏超越了我的任何想象，而我们没立即葬身海底倒真是个奇迹。瑞典老人说船上货物很轻，并提醒说这条船本来质地优良，但我却不能不感到希望已彻底失去，再没有什么能延缓那即将来临的死亡，并绝望地为死亡的来临做好了准备，因为这破船每往前漂行一海里，那冥冥大海可怕的汹涌就增加一分。我们时而被抛上比飞翔的信天翁还高的浪尖，被吓得透不过气来，时而又被急速地扔进深渊似的波谷，被摔得头晕目眩；波谷里空气凝滞，没有声音惊扰海怪的美梦。

我们此刻正掉进一个那样的波谷，这时瑞典老人的一阵惊呼划破了黑暗。“看！看！”他的声音尖得刺耳，“天哪！看！快看！”当他惊呼之时，我已感觉到一团朦朦胧胧的红光倾泻在我们掉进的那个深渊的顶端边缘，并把一片光影反射到我们的甲板上。我抬头一看，顿时惊得血液都停止了流动。直挺挺在我们头顶一个可怕的高度，在一座险峻的浪山陡峭的边缘，正漂浮着一艘也许有 4000 吨重的巨轮。虽然它正被一个比它的船身高出 100 倍的浪峰托起，但看上去它比任何一艘战舰或东印度洋上的大商船都大。它巨大的船身一片乌黑，船体上通常的雕刻图案也没减轻那种色调。从它敞开的炮门露出一排黄铜大炮，锃亮的炮身反射着无数战灯的光亮，那些用绳索固定的战灯正摇曳不定。但使我们更惊更怕的是，那艘船竟不顾超乎自然的巨浪和肆无忌惮的飓风，依旧张着它的风帆。

我们开始只看见它的船头，因为它刚从那幽暗恐怖的漩涡底被举向高处，并在那可怕的浪尖上滞留了片刻，仿佛是在为自己的高高在上而出神，但紧接着，它就摇摇晃晃、令人心惊肉跳地直往下坠。

不知怎么回事，我的心在这关键时刻突然恢复了镇静。我摇摇晃晃地尽可能退到船的最后部，毫无恐惧地等着毁灭的一刻来临。我们的船终于停止了挣扎，船头开始沉入水里，因此坠下的大船撞上了它沉入水中的部分，随之而来的必然结果就是，一股不可抗拒的力量把我抛到了大船上的一堆绳索中。

就在我跌入绳堆之际，那艘大船已掉转船头顺着风向驶离了那个深渊的边缘。由于接下来的一阵混乱，我没有引起水手们的注意。我很容易就悄悄溜到了中部舱口，舱门半开着，我很快就瞅准一个机会躲进了这个避难所。我说不清自己为何要躲藏。也许第一眼看见这船上那些水手时心中所产生的一种模糊的畏惧感就是我想躲起来的原因。我可不愿轻易相信这伙人，因为刚才对他们的匆匆一瞥就使我隐隐约约感到一些新奇、怀疑和不安。所以我想最好还是在这个避难所里替自己弄一个藏身之处。于是我掀开了一小块活动甲板，以便能随时藏身于巨大的船骨之间。

我刚刚勉强弄好我的藏身之处，就听见船舱里传来一阵脚步声，迫使我对藏身处马上加以利用。一个人摇摇晃晃走过我藏身的地方。我看不见他的脸，但有机会打量他的全身，看上去他显然已经年老体衰。岁月的负担使他的双腿步履蹒跚，时间的重压使他的全身颤颤巍巍。他一边用一种我听不懂的语言断断续续地低声咕哝，一边在角落里一堆式样古怪的仪器和遭虫蛀的海图中搜寻什么。他的举止既显示出老人的乖戾又透露出天神的威严。他最后终于上了甲板，而我再没有见过他。

★ ★ ★ ★ ★

一种莫可名状的感情占据了我的心灵。那是一种不容分析、早年的学识不足以解释、而未来本身恐怕也给不出答案的感情。对于一个我这种性质的头脑，连未来也想不出真是一种不幸。我将不再（我知道我将不再）满足于我的思维能力。不过眼下思维的模糊也不足为怪，因为引起思维的原因是那么新奇。一种新的感觉——一种全新的感觉又钻进我的心灵。

★ ★ ★ ★ ★

我踏上这艘可怕的大船已经很久了，我想我的命运之光正在聚向焦点。这些不可思议的人哟！沉溺于一种我无法窥视的冥想之中，经过我身边却对我视而不见。我这样藏匿完全是愚蠢之举，因为那些人压根儿不会看见。刚才我就直端端地从大副眼皮底下走过，而不久前我曾闯入船长的卧舱，拿回纸笔，并已写下这些文字。我会坚持写日记。当然，我也许没有机会亲手将这日记公诸世人，但我绝不会放弃努力。到最后关头，我会把日记手稿封进瓶里，抛入海中。

* * * * *

一件小事的发生使我开始了新的思索。难道这种事真是鬼使神差？我曾冒险登上甲板，悄悄钻进一条小艇，躺在一堆索梯和旧帆之中。我一边在寻思自己命运的奇特，一边却不知不觉地用一柄柏油刷往身边整整齐齐地叠在一只桶上的帆布上涂抹。现在那张翼帆已被挂上桅杆，而我无意之间的信手涂鸦展开后竟是“发现”这两个大字。

* * * * *

我最近已把这艘大船的构造仔细观察了一番。虽说船上武器装备完善，但我并不认为这是一艘战舰。它的船形、索具和一般装备全都否定了这种猜测。然而，我虽能轻易地看出它不是一艘战舰，但恐怕说不出它是什么船。我不知道这是怎么回事，但每当我看见它奇特的船形、怪异的桅桁、过大的风帆、简朴的舰首和那颇具古风的船尾，我心里总会掠过一种似曾相识的感觉，而这种感觉中常常交织着一种朦朦胧胧的回忆，一种对异国往事和悠远年代的莫名其妙的追忆。

★ ★ ★ ★ ★

我一直在查看这艘船的船骨。这艘船是用一种我从未见过的木料建造的。这种木料有一种奇怪的特征，我觉得它本不该用来造船。我的意思是说，且不论在那些海域航行不可避免的虫蛀，也不谈因年代久远自然而然的朽蚀，这种木材的质地也极其疏松。我这种观察也许多少显得过分好奇，但若是西班牙橡木能用某种奇异的方法来发胀的话，那这种木材倒具有西班牙橡木的全部特性。

当我重读上面这句话时，脑子里突然记起一位久经风雨的荷兰老航海家的一句古怪箴言。“千真万确，”每当有人怀疑他的诚实时，他总会说，“就像确实有那么一片海洋，船在其中会像人的身体一样慢慢长大。”

★ ★ ★ ★ ★

大约一小时之前，我冒昧地挤进了一群水手当中。他们对我全都视若无睹，尽管我就实实在在地站在他们中间，可他们仿佛全然没有意识到我的存在。他们就像我刚上船时在中舱所看见的那个人一样，全都老态龙钟，白发苍苍。他们的双腿都颤颤巍巍，他们的肩背都伛偻蜷缩，他们的皮肤都皱纹密布，他们断断续续的声音都低沉而发颤，他们的眼睛都黏着老年人特有的分泌物，他们的苍苍白发在暴风中可怕地飘拂。在他们周围的甲板上，每一个角落都乱七八糟地堆放着古里古怪的老式测算仪器。

★ ★ ★ ★ ★

我不久前提到过那张翼帆挂上了桅杆。从那以后，这艘船便以它上至桅顶主冠，下到侧帆横桁的每一张风帆，乘着猛烈的暴风，一直向南继续着可怕的航行，它的上桅横桁两端时时被卷入人们所能想象的最惊心动魄的惊涛骇浪之中。我刚才已经离开了甲板，因为虽说那群水手似乎并没有感到什么不便，但我自己实在在那儿待不住了。这艘大船没被大海一口吞没，这对我来说真是奇迹中的奇迹。我们肯定是命中注定要在这无始无终的边缘上漂荡，而不会一头扎进那永恒的深渊。从比我所见过的可怕1000倍的波峰浪尖，我们的船却像飞翔的海鸥一滑而过；巨大的狂澜就像潜在海底的恶魔把头伸到我们上方，但那些魔鬼仿佛是受到什么限制，只是吓唬我们，而不把我们吞噬。最后我只能把这一次次的死里逃生归因于唯一能解释这种结果的自然原因。我只能推测这艘船是在某种巨大的海洋潮流或强大的水底潜流的支配之下。

★ ★ ★ ★ ★

我已经在船长的卧舱里与他面对面见过，但如我所料，他丝毫没注意到我。虽说对旁观者而言，他的相貌可以说与普通人没什么两样，但我看他时总不免有一种既敬畏又惊奇的心情。他的身高与我不相上下，这就是说大约有5英尺8英寸。他的身体结实匀称，既不强壮也不十分瘦弱。但就是笼罩在他脸上的那种奇异的神情，就是那种令人不可思议且毛骨悚然的极度苍老的痕迹，使我胸中涌起了一种感情，一种莫可名状的感情。他的额上皱纹虽然不多，却仿佛铭刻着无数的年轮。他的苍苍白发像是历史的记载，而他灰色的眼睛犹如未来的预言。他卧舱地板上到处是奇怪的铁扣装订的对开本书、锈蚀的科学仪器和早已被人遗忘的过时的海图。他当时正用双手支撑着头，用愤然不安的眼睛盯着一份文件，我认为那是一份诏封令，总之上面盖有一方王家印鉴。他就像我上次在中舱所见的那名水手，正用我听不懂的语言和暴戾的声调低声咕哝着什么。尽管说话人就在我跟前，可他的声音却似乎从1英里开外传来。

★ ★ ★ ★ ★

这艘船和船上的一切都散发着古老的气息。水手们来来去去就像被埋了千年的幽灵在游荡。他们的眼中有一种急切不安的神情。当他们的身影在船灯灯光的辉映下横在我的道上，我心里便有一种前所未有的感受，尽管我平生专爱与古董打交道，一直沉湎于巴尔比克、塔德摩尔和波斯波利斯[1]残垣断柱的阴影之中，直到我自己的心灵也变成了一堆废墟。

★ ★ ★ ★ ★

现在我看一看四周，就会为我先前的恐惧不安而感到羞愧。如果先前一直伴随着我们的疾风已经吓得我发抖，那现在目睹这用飓风、台风、罡风、厉风都不足以形容的狂飙与大海厮斗，我难道不该吓得魂飞魄散？船的周围是无穷无尽的黑暗和茫茫洪涛的混沌，但在船舷两侧 3 海里外的地方，却不时隐隐闪现出巨大的冰壁，冰壁岧岧仡仡，直插苍昊，朦胧中就像宇宙的围墙。

★ ★ ★ ★ ★

如我所料，这船果然是在一股潮流之中——假若潮流这个词可以用来称呼那在白色的冰壁旁怒吼咆哮、像飞流直下的大瀑布轰鸣着朝南奔腾的滚滚洪涛的话。

★ ★ ★ ★ ★

我认为要想象我有多恐惧是完全不可能的，但一种想探索这一海域秘密的好奇心甚至征服了我的恐惧

---

1 波斯波利斯是继帕萨加第之后的古波斯都城，公元前 330 年至公元前 316 年先后遭亚历山大大帝和阿拉伯人的劫掠，从塞琉西王朝起逐渐衰落，其废墟遗址位于伊朗西南部设拉子东北约 51 公里处。

和绝望，并将使我甘心于那种最可怕的死亡。显然我们正驶向某个令人激动的知识领域——某种从未被揭示过的秘密，这种知识和秘密的获得就是毁灭。也许这股潮流正把我们带向南极。必须承认，一个最最不切实际的假设也自有其概率。

★ ★ ★ ★ ★

水手们迈着颤巍巍的步子不安地在甲板上踱来踱去，但从他们脸上的表情可以看出，他们对希望的憧憬多于对绝望的漠然。这时风仍然在我们的船尾，由于扬起了所有的大小风帆，船有时整个儿地被抛出水面！哦，这情形越来越恐怖！那堵冰墙忽而在右边，忽而在左边，我们正绕着一个巨大的圆心，围着一个像是大圆形剧场的漩涡四周头昏眼花地急速旋转，这大漩涡的涡壁伸延进黑洞洞的无底深渊。可我现在已没有时间来考虑自己的命运！圆圈飞快地缩小——我们正急速地陷入漩涡的中心——在大海与风暴的咆哮、呼号、轰鸣声中，这艘船在颤抖——哦，上帝！——在下沉！

附记：

《瓶中手稿》最初发表于1831年，而在多年之后我才见到墨卡托[1]绘制的地图。在墨氏地图上，海洋从四个入口注入（北）极湾，并被吸进地腹；北极本身以一块巍然耸立的黑岩为标志。

1 墨卡托（G.Mercator，1512—1594），荷兰地图学家，首创绘制地图的圆标形投影法。

未来之事

《淑女杂志》诸位编辑：

我荣幸地为贵刊奉上一篇文稿，并希望你们对此稿能比我理解得更为透彻。这篇稿子是我朋友马丁·范布伦·梅维斯（有时又叫作托基普西预言家[1]）根据我大约一年前发现的一份看上去很古怪的手稿翻译的。当时那份手稿被密封在一个瓶子里，瓶子曾漂浮在那片黑暗的海洋上，那海曾被那位努比亚地理学家详细描述过，但今天除了超验主义者和一些耽于奇想的人之外已很少有人涉足。

你们忠实的

埃德加·爱伦·坡

在"云雀"号气球上

2848年4月1日——好吧，我亲爱的朋友，现在

1 "托基普西预言家"（Toughkeepsie Seer）暗指当时的美国唯灵论者安德鲁·杰克逊·戴维斯（Andrew Jackson Davis，1826—1910）。戴维斯一生著有26本论超自然现象的书，因长期居住在纽约州的波基普西市，故以"波基普西预言家"（Poughkeepsie Seer）而闻名。

你得为你的过失而受到一封说三道四的长信的处罚。我明确地告诉你，我打算把这封信尽可能地写得单调乏味、杂乱无章、语无伦次而且不得人心，以此来惩罚你的傲慢无礼。再说，我此时被关在一只肮脏的气球上，和一两百个贱民挤在一堆，正在进行一次愉快的旅行（多滑稽，有人竟然觉得愉快！）。至少在一个月内，我绝无希望脚踏实地，没人交谈，无事可做。当一个人无事可做之际，那就是该给朋友写信之时。你这下该明白我为何要给你写这封信了吧？这是因为我的无聊和你的过失。

那就准备好你的眼镜，安心接受骚扰吧。我打算在这次可憎的航行期间天天给你写信。

唉！什么时候人类才会想出新的发明？难道我们注定要永远享受这气球的种种不便？难道就没有人能发明一种更快速敏捷的飞行方式？据我看来，这样慢吞吞地飘行比直截了当的折磨也好不了多少。实话实说，自从我们离家以来，时速一直都没有超过 100 英里！连鸟都比我们飞得快——至少是有些鸟。我向你保证我一点儿没夸张。当然，我们的航行显得比实际上更慢——这一是因为周围没有任何参照物供我们估计方位，二是因为我们一直顺风飘行。诚然，每当遇上另一只气球，我们便有机会感觉到我们的速度，而这时我承认，事情并不像看上去那么糟糕。虽然我已经习惯这种旅行方式，但每当有气球直接从我们头顶飞过，我依然会感到头昏眼花。我总觉得那似乎是一只巨鸟正向我们扑来，要用它的利爪把我们抓走。今天早上日出时分有一只气球从我们上方经过，它离我们的头顶太近，结果其拖绳实际上擦到了悬吊我们吊舱的索网，使我们感到了极大的不安。我们的球长说，如果气囊的质地是五百年或者一千年前那种中看不中用的涂胶"油绸"，那我们早就不可避免地球毁人亡了。那种绸，他向我解释说，是用一种蚯蚓的内脏制成的一种织物。那种蚯蚓被人用桑葚——一种像西瓜的水果——细心喂养，它们长胖之后就被送进作坊压碎。这样压出的糊状物被叫作原始浆，然后再经过多道工序，最后才成为"丝绸"。说来也怪，这种丝绸曾作为女人的衣料而受到喜欢！当时的气球绝大部分也是用这种材料做的。好像后来在一种植物的下部囊皮中发现了一种更好的材料，那种植物俗称大戟，当时植物学上称之为乳草。这后一种丝绸因为经久耐用而被命名为"西尔克·白金汉"[1]，并且通常使用前被涂上

1 爱伦·坡在此揶揄英国记者兼旅行家詹姆斯·西尔克·白金汉（James Silk Buckingham，1786—1855），因英文 silk（丝绸）和英文人名 Silk（西尔克）同形同音。作者在《与一具木乃伊的谈话》中也有对白金汉的讽刺性描写。

一种树胶液——一种在某些方面可能与我们现在普遍使用的马来乳胶相似的物质。那种树胶偶然也被称为印度橡胶或弹性橡胶，而且无疑是许多种真菌中的一种。请别再对我说我本质上不是一个古董爱好者。

说到拖绳，似乎我们自己这根今天上午就把一个人从船上撞到了海里。当时我们下方的海面上有许多小小的磁力螺桨船，拖绳撞上的是一条大约6000吨重的小船，无论从哪个方面看，那船上都挤得很不像话。应该禁止这些小船装载过多的乘客。当然，那位落水者未被允许重返甲板，他和他的救生圈很快就不见踪影。亲爱的朋友，我真高兴我们生活的时代如此开明进步，以至于不应该有个体存在这等事。真正的人类所关心的应该是其整体。说到人类，我顺便提一下，你知道吗，我们不朽的威金斯在论及社会状态这类问题时并非像当代人所认为的那样有其独到的见解？庞狄特使我确信，大约早在一千年前，一位名叫傅立叶的爱尔兰哲学家[1]就以几乎同样的方式提出过同样的见解，因为那个哲学家开着一家卖猫皮和其他毛皮的零售商店。庞狄特无所不知，这你知道；所以这件事

1 作者在此故意让29世纪的未来人把法国社会理论家夏尔·傅立叶（Charles Fourier，1772—1837）讹误为爱尔兰人，并将其名Fourier（傅立叶）误拼为Furrier（皮货商）。

绝不可能弄错。真令人惊叹，我们居然发现那个印度人亚里士·多德[1]深刻的见解每天都在得到验证（正如庞狄特所引用的）——“于是我们就必然看到同样的主张在人类中循环，不是一次或两次，也不是若干次，而几乎是永无止尽地重复。”[2]

4月2日——今天谈一谈那条管理水上电报电缆中段的磁力船。我听说当这种电报最初由霍尔斯[3]投入使用之时，人们认为它根本不可能把电文传过大洋，可今天我们却完全弄不明白这有何难处！这就是人世沧桑。世事变迁，人则与时俱进——请原谅我引用这句伊特鲁里亚语格言。要是没有太西洋电报我们该怎么办？（庞狄特说太西洋在古代被叫作“大西洋”。）我们停下来向磁力船问了一些问题，除了其他一些好消息，我们还获悉阿非利西亚内战方酣，瘟疫在尤罗巴和阿细亚[4]的流行正值绝妙状态。可在人类使哲学升华高尚之前，世人竟习惯于把战争和瘟疫视为灾难，这在今天看来，难道不觉得奇怪？你知道吗，实际上我

---

1 作者故意让29世纪的未来人把古希腊哲学家亚里士多德讹误为“印度人亚里士·多德”。

2 该句引自亚里士多德的《天象论》（Meteorologica）第1卷第3章。

3 作者故意让29世纪的未来人把电报的发明者之一塞缪尔·莫尔斯（Samuel Morse，1791—1872）讹误为霍尔斯（Horse，意为“马”）。

4 阿非利西亚、尤罗巴、阿细亚分别指阿非利加、欧罗巴、亚细亚三大洲。

们的祖先曾在古老的神庙里祈祷，祈求这些灾难不要光顾人类？我们的祖先究竟是按照什么样的利益原则行事，这难道不是真的令人费解吗？难道他们真有那么愚昧，竟然看不出这个如此昭彰的事实：无数个体的消灭只会对整体有益！

4 月 3 日——从绳梯登上气囊之顶，然后再环顾周围的世界，这可真是一种极好的消遣。你知道，若在下面的吊舱，眼界不会有这般开阔，你很少能看到头顶的景象。可坐在这儿（我就坐在这儿写信），坐在这囊顶有豪华气势的无遮无盖的广场上，四面八方所发生的一切都一览无遗。现在我视野之内正飘行着数不清的气球，它们呈现出一幅生气勃勃的画面，同时空中正回响着好几百万人的声音所汇成的嗡嗡声。我已经听说，当我们所认为的第一个气球航行家耶洛，或者（照庞狄特所说是）维奥利特[1]，当他坚持认为只要凭借升降去顺应有利气流，气球便可朝各个方向飞行之时，他同时代的所有人几乎都对他不予理睬，只把他当作一个有发明天才的疯子，因为那个时代的哲学家们宣称这种事绝不可能发生。古代那些聪明的学者为

1 耶洛（Yellow，意为“黄色”）、维奥利特（Violet，意为“紫色”）影射英国气球航行家查尔斯·格林（Charles Green，1785—1870），其姓 Green 意为“绿色”。

什么对任何明明切实可行的事都视而不见，现在看来这真令我莫名其妙。不过在任何时代，技艺进步的巨大障碍都遭到所谓的科学家们的反对。当然，我们今天的科学家完全不像古代科学家那么固执。哦，说到这个话题,我有一件非常奇怪的事要告诉你。你知道吗，直到不足一千年前，形而上学家们才同意打消世人那个古怪的念头，即认为获得真理只有两条可行之路！请相信这一点，如果你可能的话！好像是在很久很久以前，在没有史料记载的年代，有一位名叫亚里士·多德的土耳其哲学家（也可能是印度哲学家）。此人大力推广，或姑且说竭力鼓吹，一种叫作由因及果式或演绎式的分析方法。他从他坚持认为的自明之理或“不言而喻的真相”开始，然后通过“逻辑的”过程得出结果。他最了不起的两个门徒一个叫流口利得[1]，一个叫侃得。且说亚里士·多德一直独领风骚，直到一位叫什么霍格的人出现，此人有一个别号叫“埃特里克的

1　作者故意让29世纪的未来人把古希腊数学家 Euclid（欧几里得）误拼成 Neuclid（流口利得）。

牧羊人”[1]，他提倡一种截然不同的分析方法，并将其称为由果溯因法，或者称归纳法。他的方法完全涉及感觉。他是通过观察、分析和归类，最后把事实——即被他拿腔拿调地说的自然事例——总结为普遍规律。一言以蔽之，亚里士·多德的方法以本体作基础，霍格的方法则以现象为依据。对啦，后一种方法在提倡之初赢得了世人的高度赞美，亚里士·多德顿时声名扫地。不过他最后终于东山再起，被允许在真理这个领域与他的现代对手平分秋色。当时的学者们坚持认为，只有亚里士多德式和培根式的道路才是可能获取真知的途径。你肯定知道，“培根式”这个形容词是作为“霍格式”的同义词而发明的，它听起来更悦耳，看上去更高贵。

我亲爱的朋友，我向你保证，最断然地保证，我所讲述的这件事绝对有最充分的根据。而你很容易就能看出，如此明显的一种荒唐观念那时候肯定起过作用，从而阻碍了真正的学问发展——真的学问几乎总

---

1 此处“霍格”（Hog，意为“猪”）暗讽英国哲学家弗兰西斯·培根（Francis Bacon，1561—1626），因 Bacon 意为“熏肉”。另有一位苏格兰诗人詹姆斯·霍格（James Hogg，1770—1835），出生于小村庄埃特里克（Ettrick），人称“埃特里克的牧羊人”。爱伦·坡在此故意让未来人张冠李戴，混淆两个“霍格”，把“牧羊人”之称号归于培根，目的是对应亚里士多德这头“公羊”——Aristotle（亚里士多德）的前半截 Aris- 的读音像拉丁文 ariēs（公羊），故而上文中亚里士多德的名字被拆分为“亚里士·多德”（Aries Tottle）。

是以直观飞跃的方式向前发展。这种古代的观念把分析研究限制在蜗行牛步的速度，尤其是对霍格的迷恋狂热了好几百年，以至称得上正常的思想实际上完全停止。没人敢说一句真话，而为此他只觉得有负于自己的灵魂。真情真相是否能被证明为真理，这一点并不重要，因为当时那些愚顽不化的学者只看他获得真情真相所通过的途径。他们对结果甚至不屑一顾。“让我们看方法，”他们高嚷，“方法！”若发现被调查的方法既不属于亚里士（也就是说公羊）的范畴，也不归于霍格的领域，那学者们就会立即停止调查，并宣布那位“理论家”为白痴，从此对他和他发现的真理再也不予理睬。

我们当然可以断言，凭这种蜗行牛步的方法，哪怕是经历非常漫长的岁月，人们也不可能发现许多真理，因为对想象力的约束是任何古代分析模式的稳当性都无法补偿的过失。那些尤耳曼人、伏兰西人、英格利人和亚美利坚人[1]（顺便说一下，后者便是我们的直接祖先）所犯的错误完全类似那种自作聪明的白痴所犯的错误，那种白痴以为，他把东西拿得离眼睛越近就肯定会看得越清楚。那些人被细节蒙住了眼睛。当

---

1 尤耳曼人、伏兰西人、英格利人、亚美利坚人分别指德国人（日耳曼人）、法国人（法兰西人）、英国人（英吉利人）、美国人（美利坚人）。

他们按照霍格式方法分析问题时，他们所依据的“事实”通常绝非事实，而是堆鸡零狗碎的破烂，只不过一直被假定为是事实而且肯定是事实，因为它们看上去像是那么回事。当他们沿着公羊之路分析问题，他们的那条路简直还不如公羊角直，因为他们压根儿就没有什么不言而喻的自明之理。他们肯定都丧明眇目，甚至在他们那个时代也看不见这点。因为甚至在他们那个时代，许多早就“被确认的”自明之理也已经被否定。例如“无中不生有”，“物体不能运动于它不存在之处”，“世间绝没有恰恰相反的事物”，“黑暗不可能来自光明”。所有这些和类似的另外十几条早被世人断然而正式地承认为自明之理的命题，甚至在我所说的那个时代也显然站不住脚。由此可见，那些坚信“自明之理”为真理之不变基础的人是多么愚蠢！可即便从他们最有判断力的推论家口中，也很容易证明他们的自明之理大体上是一堆莫名其妙的废话。谁是他们最有判断力的逻辑学家呢？让我想想！我得去问问庞狄特，一会儿就回来……啊，有了！这儿有一本差不多写于一千年前的书，最近刚从英格利语翻译过来——顺便提一下，英格利语好像就是亚美利坚语的雏形。庞狄特说，就其主题“逻辑”而言，此书无疑是最为精巧的一部古典论著。这位（在当时被认为很了不起的）

作者叫什么米勒，或者叫穆勒。我们发现了一条关于他的重点记载，说他有匹推磨的马名叫边沁。不过让我们来看看这部宏篇大论！

啊！穆勒先生说得真好，“能否想象在任何情况下都不能作为自明之理的判断标准”。神志清醒的现代人有谁会想到对这条自明之理加以质疑？我们唯一感到惊讶的只能是，穆勒先生怎么会偏偏想到有必要对这种一目了然的事加以暗示。不过到此为止还没有什么差错，让我们再来看一页。这页上写些什么？——“矛盾之双方不能同时为真理，不能同时存在于自然之中。”穆勒先生这句话的意思是说，一棵树要么是一棵树，要么不是一棵树——它不可能同时是一棵树又不是一棵树。很好，可我问他为什么。他的回答是这样的——而且绝不敢说还有任何其他方式的回答——“因为不可能想象矛盾之双方同为真理。”可是根据他自己的论证，这压根儿就不是答案。因为他难道不是刚刚才承认“能否想象在任何情况下都不能作为自明之理的判断标准”？

现在之所以抱怨这些老前辈，主要还不是因为他们的逻辑即便照他们自己的论证也是毫无根据、没有价值而且完全稀奇古怪，而是因为他们自负而愚蠢地排斥所有其他的真理之路，排斥除了那两种荒谬途径之外所有获取真理的途径——他们的两种途径一条是蜗行之途，一条是牛步之径。而他们竟敢把酷爱翱翔的灵魂限制在这两条路上。

顺便问一句，我亲爱的朋友，你难道不认为下面这件事曾让古代的那些教条主义者伤透过脑筋，那就是他们不得不断定他们所有真理中最重要而伟大的那个真理到底是通过两条路中的哪一条获得的？我说的是万有引力定律。牛顿将此归功于开普勒。而开普勒早就承认他的行星运动三大定律是猜出来的。而正是这所有定律中的三条定律引导那位伟大的英格利数学家发现了他的原理，即所有物理学原理之基础。若要追究这基础的根源，那我们必然会进入形而上学的王国。开普勒是凭猜测，也就是说，是凭想象。他本质上是个“理论家”——这个如今神圣而庄严的字眼在过去却是一种轻蔑的称呼。还有，到底是凭那两条“路”中的哪一条，一位密码专家才能破译一份异常神秘的密码？或商博良到底是通过那两条路中的哪一条，才成功地破译出了古埃及象形文字，从而把人类引向了那些永恒不朽而且几乎不可计数的真理？要那些老鼹鼠们来解释上述问题，难道不会让他们感到为难？

对这个话题我还有两句话要说，我就是要让你感到厌烦。你难道不觉得奇怪，那些盲从的人虽然没完没了地大谈真理之路，但还是没发现我们今天看得一清二楚的这条大道——一致性的大道？你难道不觉得稀罕，他们居然未能从上帝的杰作中演绎出这个极其重要的事实：完美无瑕的一致必然是绝对真理！自从这一命题被宣告以来，我们前进的道路一直是多么平坦！探究真理的权力从那些鼹鼠手中被夺了过来，作为一项使命交给了那些真正的思想家，那些富有热情和想象力的人。这些人讲究理论。你能否想象，若是我们的老前辈能从我背后偷看到我写下的这个词，他们会发出什么样的大声嘲笑？我刚才说，这些人讲究理论，只不过他们对自己的理论进行修正、归纳、分类，一点一点地清除自相矛盾的浮渣，直到一种毋庸置疑的一致终于脱颖而出，而由于它完全一致，连感觉最迟钝的人也承认它是绝对而当然的真理。

4月4日——新的气体正在创造奇迹，改进后的马来乳胶也令人叹为观止。多安全，多方便，多容易操纵，我们的现代气球在各个方面都尽如人意！有一个大气球正以每小时至少150英里的速度向我们靠近。它看上去载满了人——也许有三四百名乘客——它却翱翔在差不多1英里的高空，神气活现地俯视可怜的我们。说到底，100英里乃至200英里的时速仍然算不上快。还记得我们在横越加拿多大陆那条铁路线上的飞驰吗？每小时足足300英里，那才叫旅行！虽然什么也看不见——只能在豪华的车厢客厅里宴饮、跳舞、社交。你还记得吗，当我们偶然看到一眼全速运行的列车外的物体，所体验到的是一种多奇妙的感觉？似乎一切都混为一团——成为一个整体。就我而言，我只能说我宁愿乘时速100英里的慢车旅行。那儿我们可以有玻璃车窗——甚至还能把它们打开——像看看窗外田野风光之类的事也可以办到…………庞狄特说，大加拿多铁路的路线大约在九百年前就肯定已被规划出来！实际上他甚至宣称，现在还能辨认出一条铁路的痕迹——与所提到的那个遥远年代有关的痕迹。那条铁路好像有两股道，而你知道，我们的铁路有十二股道，而且有三四股新道正在修建。古代的钢轨很细，轨距很窄，照现代观念看来，即使不说非常危险也得说极其轻率。现在的轨距——50英尺宽——实际上还被认为不够安全。至于我自己，我毫不怀疑在很久以前的确存在一条某种类型的铁路，正如庞狄特所宣称的那样。因为我心里再清楚不过，在过去的某个时期——肯定不晚于七百年前——加拿多南北两块大陆是连在一起的，当时的加拿多人必然会想到建一条横贯大陆的大铁路。

4月5日——我简直无聊透了。庞狄特是气球上唯一可交谈的人。而他，可怜的人！开口闭口谈的都是陈年往事。他花了整整一天时间试图让我相信古代的亚美利坚人是自己管理自己！究竟有谁听说过这种荒唐事？他们按照我们在寓言中读到的“土拨鼠”的方式，生活在一种人人为自己的联邦内。庞狄特说，他们是从那个所能想象到的最古怪的念头开始的，就是说：所有的人生而自由并且平等——公然违抗清清楚楚地铭刻在精神世界和物质世界万事万物之上的等级法则。每个人都“投票”，这是他们的说法——也就是说，每个人都干预公众事务——直到最后发现，所谓的公众的事就是谁也不负责任的事，而“共和政体”（那种荒唐事就这么称呼）就是完全没有政体。但据说最初使那些因创立了“共和政体”而自鸣得意的哲学家们感到惊恐不安的事就是发现全民投票给了欺骗阴谋可乘之机，凭借阴谋诡计，任何一个堕落得不以欺骗为耻的政党都可以在任何时候得到他们想要的任何数量的选票，而他们的欺骗行为不可能被阻止，甚至不可能被察觉。稍稍想一想这个发现就可以看清其后果，那就是卑劣之徒必占上风。总而言之，共和政府只可能是一种卑鄙下流的政府。可当那些哲学家们正为自己未能预见到这种不可避免的邪恶而感到脸红，正为自己的愚蠢而感到羞愧，并决心要创立新的理论之时，一个名叫乌合之众的家伙突然使事情有了个结局。他把一切都抓到了手中，建立起了一种专制暴政。与之相比，传说中的零禄和阿拉结巴驴嘶之流的暴虐也只能算是小巫见大巫。据说这个乌合之众（顺便说一下，他是个外国人）是天底下最令人作呕的家伙。他是个蛮横、贪婪、猥亵的巨人，有小公牛的胆、鬣狗的心和孔雀的脑袋。他最后死于精力衰竭。但不管他有多么卑鄙无耻，他仍像所有的东西一样自有其益处，那就是给人类上了一课——绝不要违反自然的类似关系，而且直到今天，这教训也没有被遗忘的危险。就共和政体而论，地球表面绝对找不到它的类似之物，除非我们把“土拨鼠”的情况作为一个例外，而如果说这个例外能证明什么，那它似乎只能证明，民主是一种绝妙的政体形式——对鼠类而言。

4 月 6 日——昨晚好好地看了一番天琴座 α 星。用我们球长的小型望远镜对半度角观测，它的星轮很像我们在雾天用肉眼看见的太阳。顺便说一下，天琴座 α 星虽说比我们的太阳大得多，但它的黑点、大气和其他许多特征都与太阳相似。庞狄特告诉我，仅仅是在上个世纪，人们才开始怀疑这两颗恒星之间存在着双星关系。（说来真怪！）我们太阳系在空间的运动轨道曾被认为是环绕着银河系中心的一颗巨星。银河系的每一个天体都被宣布是围绕着这颗巨星转动，或至少说是围绕着位于昴宿六附近的上述天体所共有的一个引力中心转动，我们太阳系绕这个中心转一周需要117 000 000年！凭我们现在的天文知识，凭我们大型天文望远镜的改进等等，我们当然会发现很难理解这种看法的根据。这种看法的第一个鼓吹者叫什么霉德勒。我们只能断定，他起初仅仅是被类推引向了这个疯狂的假设。但既然如此，他至少应该坚持类推下去。事实上，一颗巨大的中央恒星被提出，霉德勒至此还算首尾一致。然而，从天体力学上看，这颗中央恒星应该比所有环绕它的恒星加在一起还大。于是下面这个问题就会被提出——“为什么我们看不见那颗恒星？”尤其是我们处于这串恒星的中间地带。至少，那颗难以想象的中央恒星应当位于这个地带附近。那位天文学家对这一点也许会以该星不发光作为遁词，但这样他的类推马上就不成立。不过即使承认那颗中央恒星不发光，他又怎么解释为何围在它四面八方的无数灿烂辉煌的太阳也未能使它显露真颜？毫无疑问，他最后所能坚持的仅仅是一个所有绕行的恒星共有的引力中心，但即便如此，他的类推也肯定站不住脚。不错，我们太阳系是在绕着一个共有的引力中心转动，但它的转动是与一颗有形的恒星有关，是由于这颗恒星的缘故，因为这颗恒星的质量足以保持这个系统其他天体的平衡。数学意义上的圆是一条由无数直线构成的曲线，但这个圆的概念——这个我们从几何学的任何角度考虑都认为是不同于实际概念的纯数学意义上的概念——事实上也可以被视为实际上的概念，这就是当我们假设太阳系和它的伙伴们围绕银河系中心某个点旋转的时候，只有在这种时候，在我们不得不涉及或至少是不得不想象这些巨圆的时候，我们才有权把这个数学上的概念视为实际上的概念。让人类最活跃的想象力再进一步，去理解这样一个难以形容的圆！这样的理解几乎并不矛盾：即一道永远沿着这个不可思议的圆之圆周疾驰的闪电，实际上将永远沿一条直线疾驰。我们太阳运行的道路就沿着这样的一个圆周——我们太阳系运行的方向就顺着这样的一条轨道——所以哪怕是认为人类的知觉会在一百万年内感觉到太阳运行的轨道稍稍偏离一条直线，这也是一种不能接受的推测。可古代的那些天文学家似乎都傻乎乎地相信：一条明显的曲线已经显露在他们短短的天文学历史期内，显露在一个纯粹的时间点上，显露在几乎等于零的两三千年间！真是莫名其妙，这样的考虑居然未能立刻为他们指示出事情的真实情况——环绕同一引力中心的我们的太阳和天琴座 α 星之间存在着双星旋转关系！

4 月 7 日——像昨晚一样继续以观测天象娱乐。仔细地观测了海王星的五颗小行星，并兴趣盎然地观看了月球上一个巨大的拱墩被放上新建的达佛尼斯神庙的双楣。像月球居民那么小，并且与人类那么不相同的生物，居然能发明出比我们先进得多的机械装置，想到这一点觉得很有趣。而且我发现很难想象，那些月球人轻轻松松举起的巨大物体真会像我们的理智所告诉我们的那样轻。

4 月 8 日——我发现了！庞狄特真是扬扬得意。一只来自加拿多的气球今天与我们相遇，并抛给我们几份最近的报纸，报上刊登有一些与古代的加拿多人，更准确地说是与古代的亚美利坚人有关的非常奇妙的消息。我想你一定知道，好几个月以来，一批工人正受雇在为乐园的一个新喷泉构筑地基，就是在帝国最大的那个娱乐花园。毫不夸张地说，乐园很久很久以来似乎就一直是个岛屿，也就是说，它北边的分界线（按任何古老的记载追溯）是一条河，更准确地说是一个狭窄的海湾。这海湾慢慢变阔，直到变为今天的宽度——1 英里。岛的全长为 9 英里，宽度实际上变化不定。大约八百年前，那整个地区（庞狄特这么说）密密麻麻地挤满了房屋，其中有些楼房高达 20 层，（由于某种莫名其妙的原因）那地区附近的土地被人们视为特别珍贵。然而，2050 年那场灾难性的地震将这座镇子（它大得几乎已不能再被称为村庄）连根拔掉，彻底摧毁，以至我们最不屈不挠的考古学家也一直未能从该遗址找到任何充分的资料（诸如钱币、徽章或碑铭之类的东西），因而没法对该地区原始居民的风俗习惯、生活方式等方面进行哪怕是最模糊的推测。我们迄今为止对他们的全部了解几乎就是：当一名金羊毛骑士理科德·赖克最初发现那块大陆之时，他们是出没于那里的尼克尔包克尔野蛮部落的一个分支。可他们绝非不开化，只不过是按照他们自己的方式形成了种种不同的艺术乃至科学。据说他们在许多方面都很精明，却奇怪地患上了一种偏执狂，拼命地建造一种在古代亚美利坚被命名为“教堂”的房屋——一种塔式建筑，用来供奉两个偶像，一个名叫财富，一个名叫时髦。据说到了后来，该岛十之八九都变成了教堂。而且那里的女人也好像被她们后腰下边的一个自然隆起部弄得奇形怪状，不过这种变形在当时被莫名其妙地当作一种美。事实上，有一两幅这种变形女人的画像被奇迹般地保存了下来。她们看上去非常古怪，非常——说不出是像雄吐绶鸡还是像单峰骆驼。

好啦，关于古代的尼克尔包克尔人，流传到我们今天的差不多就这么点情况。然而，好像是在帝国花园（你知道那花园覆盖全岛）中央的挖掘之中，几位工人挖出了一块显然是由人工凿成的四四方方的花岗石，石块重好几百磅。该石保存完好，那场将它掩埋的大地震并没有对它造成明显的损坏。它的一个表面嵌着一块大理石板，石板上刻着一段碑文（想想吧！）——一段字迹清楚的碑文。庞狄特真是欣喜若狂。拆开大理石板，里面是个空洞，空洞里装着一只铅盒，铅盒里满满的，有各种各样的钱币、一份长长的名册、几份看上去像报纸的文件，还有其他许多令考古学家感兴趣的东西！毫无疑问，这一切都是属于那个叫作尼克尔包克尔部落的地道的亚美利坚人的遗物。抛给我们气球的那些报纸上印满了那些钱币、手稿和印刷品等的摹真图片。我现在就把大理石板上那段尼克尔包克尔人的碑文抄给你，供你一乐：

此乔治·华盛顿纪念碑之

奠基石

竖于1847年10月19日

适逢康华里勋爵

于公元1781年

在约克镇

向乔治·华盛顿将军投降

周年纪念典礼

纽约市华盛顿纪念碑协会赞助

我这里抄的碑文是庞狄特亲自逐字翻译的，所以内容不可能有误。从这样保存下来的这几行不多的字句中，我们探明了几个重要的事实，其中并非最不重要的一个事实就是：早在一千年前，实实在在的纪念碑就已经被废除——正如非常恰当的那样——当时的人们也和我们今天的做法一样，仅仅是表露一下将在未来的某个时候建碑的意愿。一块“冷清清而且孤零零”（请原谅我引用伟大的亚美利坚诗人本顿的诗句！）[1]的奠基石被小心翼翼地竖起，以作为这种高尚意愿的一个保证。从这段极妙的碑文中，我们不但弄清了所谈论的那次大投降发生在哪儿，是谁投降，而且还清清楚楚地知道了是如何投降的。说到在哪儿，那是在约克镇（天知道那个镇子到底在哪儿）；说到是谁，那

---

1 “冷清清而且孤零零”（solitary and alone）这个措辞见于英国作家劳伦斯·斯特恩（Lawrence Sterne，1713—1768）《伤感之旅》（*A Sentimental Journey Through France and Italy*，1786）第31章。美国民主党参议员托马斯·哈特·本顿（Thomas Hart Benton，1782—1859）于1837年在参议院的一次重要发言中使用过这一措辞，从而使之令人难忘。

是康华里将军(无疑是一个富有的玉米商[1])。他投降了。那段碑文是纪念——什么？哦，“康华里勋爵”投降。唯一的问题就是那些野蛮人要他投降是为了什么。但只要我们想到那些野蛮人无疑是一些食同类者，那我们就不难得出推论，他们是打算用他来灌香肠。至于说他是如何投降的，那碑文说得再清楚不过了。康华里勋爵是在“华盛顿纪念碑协会赞助”下投降的（为了香肠),那个协会肯定是一个存放奠基石的慈善机构。可是，天哪！出了什么事？啊，我明白了，气球瘪了，我们就要掉进大海。所以我的时间只够再说上两句。匆匆浏览了一遍那些报纸上的摹真图片，我发现在那个时代的亚美利坚人中有两个伟大人物，一个叫约翰·史密斯，是名铁匠；另一个叫扎卡里，是名裁缝。[2]

再见吧，待我们重逢之时。你能否收到这封信并不重要，因为我写它纯粹是为了消遣。不过我要把此信手稿密封进一个瓶里，然后把瓶子扔进大海。

你永远的庞狄塔

1 康华里将军全名查尔斯·康华里（Charles Cornwallis，1738—1805），是美国独立战争时的英军司令，其姓第一个音节 Corn 意为“玉米”，故有此谑。

2 约翰是英语国家很常见的人名，史密斯（Smith）有“铁匠”之意；而扎卡里·泰勒（Zachary Taylor，1784—1850）则是美国第 12 届总统。爱伦·坡创作此文时泰勒总统已当选（1849 年 3 月就任），其姓 Taylor 源于 tailor（裁缝）一词。

埃洛斯与沙米恩的对话

我将给你带来烈火。

——欧里庇得斯《安德洛玛刻》

埃洛斯：你为什么叫我埃洛斯？

沙米恩：从今以后你就叫埃洛斯。你也必须忘掉我在地球上的名字，而叫我沙米恩。

埃洛斯：这真不是梦？

沙米恩：我们从此不再有梦，只有这些莫名的奥秘。我很高兴看见你恢复生气，神志清醒，你眼睛上的那层阴翳也已经消失。勇敢点儿，啥也别怕。你命定的昏迷期已结束，而明天，我将亲自引你进入你充满欢乐与奇妙的新生活。

埃洛斯：真的，我不再感到昏迷，一点儿也不。那种强烈的恶心和可怕的黑暗已离我而去。我不再听见那种疯狂的、奔腾的、吓人的声音，那种“像是百川奔流的声音”[1]。但是,沙米恩,这种新的知觉如此敏锐,我的感官现在不知所措。

沙米恩：这过几天就会好的。不过我非常理解你,同情你。按地球上的时间计算,我经受你此刻所受的这种痛苦已是10年前的事了,但那种记忆现在还缠着我。然而,你将在庄严世界经受的痛苦你现在已经全部接受了。

埃洛斯：庄严世界？

沙米恩：庄严世界。

埃洛斯：天哪！可怜可怜我吧,沙米恩！我现在最承受不了的就是庄严,过去不知而现在所知的庄严,那淹没在威严而确切的现在中的纯理性未来之庄严。

沙米恩：现在别去苦苦思考这件事情。这我们明天再谈吧。你现在心绪不安,而简单地回忆一下往事可以使它平静。别瞧四周,也别朝前望,往后看。我正迫不及待地想听听那场把你抛到我们之中的惊人事件的经过。给我讲讲吧。让我们来谈一些熟悉的事情,用那种已如此可怕地消亡的我们所熟知的地球语言。

埃洛斯：太可怕了,太可怕了！这真不是梦。

沙米恩：梦已一去不返。当时他们很为我哀痛吗,

---

1 语出《新约·启示录》第14章第2节："我听见天上传来的声音,像是百川奔流的声音……"

我的埃洛斯？

埃洛斯：哀痛，沙米恩？哦，哀痛欲绝。在那个最后的时刻，你们全家都被一片愁云惨雾所笼罩。

沙米恩：那个最后的时刻，就谈它吧。记住，除了那场明摆着的大灾难本身，别的啥我也不知道。当我离开人类，经过坟墓进入黑夜，在那个时候，如果我没记错的话，这场毁了你们的灾难可谁也没料到。不过，我对当时的自然科学的确了解不多。

埃洛斯：正如你所言，这场灭顶之灾完全始料未及，但类似的飞灾横祸很久以来就一直是天文学家们讨论的一个话题。用不着我来告诉你，我的朋友，甚至在你离开我们之时，世人关于圣典中言及万物终将毁于火的那些段落[1]，就已经一致理解为指的是地球。但自从天文学证实彗星并不具有火的威胁之后，人们对最终毁灭的直接媒介就一直感到困惑。那些彗星非常小的密度早已被准确地测定。人们曾观察到它们在木星的卫星群中穿过，结果并没有给那些卫星及其运动轨道带来任何明显的变化。长期以来，我们一直把那些流浪者视为由极其稀薄的气雾构成的天体，认为即使它们与地球相触也完全不可能对我们坚固的地球造

1 《新约·彼得后书》第 3 章第 10 节云：“那日，天将在一声巨响中消失，万物将在烈火中熔化，地球及其上面的一切都将被烧毁。”

成伤害。但相触本身是完全用不着担忧的，因为所有彗星的活动范围人们都知道得一清二楚。很多年来，我们应该从彗星中去寻找那种毁灭之力的看法一直被认为是一种难以接受的观念。但最近一些日子，人类中奇怪地流传开了一些奇思异想；尽管只有少数无知无识的人对天文学家发现了一颗新彗星真正感到了畏惧，但据我所知，那一宣布在大多数人中也并非没有引起普遍的不安和怀疑。

那个陌生天体的活动范围很快就被测出，而且观测者马上就一致承认，那颗彗星的运行轨道将使它在其近日点与地球非常接近。有两三位二流的天文学家坚持认为一场相撞不可避免。我很难向你描述这个消息对世人造成的影响。开始几天他们不愿相信这一断言，因为他们长期用于世故人情的才智对此压根儿就不能理解。但那生死攸关的事实真相很快就让最迟钝的头脑也开了窍。最后所有的人都看出天文学家没有撒谎，于是他们等待着那颗彗星。那颗彗星的接近开初显得并不快，它的出现也并不具有非常奇异的特征。它呈暗红色，有一条看得见的小小的彗尾。在其后七八天里，我们看不出它的直径有什么明显的增加，只感觉到它的颜色有局部的变化。这时人们已放弃了通常的事务，所有的兴趣都被引进了一场由科学界指导的关于彗星性质的越来越热烈的讨论。甚至许多无知者也把他们呆钝的智能投入了这场思索。这时学者们把他们的才智，他们的心灵，全部用来思考如何消除恐惧，或是为可爱的理论找到依据。他们寻求（他们渴望）正确的见解。他们企盼精确的认识。真理从其力量与极度庄严的纯洁中诞生，聪明人心悦诚服，顶礼膜拜。

那种认为彗星与地球相接触会对我们的地球或地球居民造成严重伤害的看法在聪明人中很快就再也站不住脚，于是聪明人被允许任意去控制其他人的理智和幻想。现在已证实，那颗彗星彗核之密度远远小于我们地球上最稀薄的空气；人们坚决认为这次彗星经过地球将会与那次通过木星的卫星一样不造成伤害，这种看法大大消除了恐怖。神学家们怀着被恐惧唤起的热情详论有关的《圣经》预言。并用一种从不曾有过先例的真诚和直率为人们讲解这些预言。他们以一种非让普天下人都深信不疑的精神极力宣传地球的最终毁灭只能由火的力量造成；而彗星不具有火的性质（正如人们当时所知）是一个事实，这在很大程度上减轻了人们对那场预言的大灾难的恐惧。显而易见，世人对瘟疫和战争的偏信，在每一次彗星出现时都惯常流行的谬误，这一次却全然不为人知。仿佛凭着某种爆发之力，理性一下子就把迷信推下了宝座。最软弱无力的才智从极度的关切中获得了力量。

冥思苦想的问题集中到了这场相触可能造成的较小的危害上。学者们谈到了轻微的地质变动，谈到了可能的气候变化及其所引起的植物变化，还谈到了也许会出现的磁力影响和电力影响。许多学者认为无论如何也不会产生看得见的或感觉得到的影响。当这样的讨论正在进行之时，被讨论的主体离地球越来越近，其直径显然增大，亮度也大大增强。随着它的来临，人们又越来越怕。人类所有的正常活动都停止了。

当那颗彗星终于大得超过了以往任何观测记录之时，人类的感情历程出现了一个新的纪元。人们不再相信天文学家连续错误地给予他们的希望，从自己的体验中确信了即将大祸临头。他们恐惧中的幻想成分已经消逝。现在连世上最坚强的人心也怦怦直跳。可几天之后，连这样的感情也被更难以忍受的感觉所淹没。我们已不能再用任何习惯的思维方式来想到那个奇异的天体。它的历史属性已不复存在。它以一种可怕而崭新的情感压迫我们。我们不再把它看作空中的一种天文现象，而把它视为我们心中的一个噩梦，我们大脑中的一个幽灵。它以难以想象的速度呈现出一种罕见的火焰的特征，一个巨大的白织罩从地平线的一端伸延到另一端。

又一天过去了，人们觉得呼吸比平常畅快。很明显我们已经开始受到那颗彗星的影响，但我们活着。我们甚至异乎寻常地感觉到身体更富有弹性，头脑也更加敏捷。我们所恐惧的那个天体之极其稀薄已显而易见，因为透过它我们仍能清晰地看见天上的所有天体。与此同时，地球上的植物已明显发生变化；从这一早被预言过的变化，我们信服了那些聪明人的远见。一种前所未知的繁茂的叶簇，突然间从每一种植物上长出。

又一天过去了,而大祸尚未完全临头。现在已清楚，那颗彗星的彗核将先与地球接触。一种急剧的变化已发生在每一个人身上，而最初的痛感就是全球恸哭和恐怖的明显征兆。这种痛感表现在胸肺的极度压缩和一种难以忍受的皮肤干燥。不可否认我们的大气层已完全被影响，于是大气层的构成以及彗星可能使它遭受的变化成了人们讨论的题目。讨论研究的结果把极度的恐怖送进了地球上每一个人的心。

我们早就知道弥漫于地球周围的空气是一种氧和氮的混合气体，其中氧气占 21%，氮气占 79%。氧气为燃烧所必需，是热的传送媒介，更为动物生存之必不可少，而且它是自然界最有能量且极其活泼的一种元素。氮则相反，它既不能维持生命也不能燃烧。人们早已查明，氧气过于充分会导致动物精神兴奋，正如我们后来所体验的那样。正是这种研究以及这种概念的延伸，造成了人们的极度恐惧。完全抽掉氮气会是什么结果？那将是《圣经》所预言的世界毁灭于火的不折不扣的应验。

沙米恩，还需要我来描述人类最后的疯狂吗？那颗彗星密度之稀薄曾给我们带来希望，现在却成了我们绝望痛苦的原因。在它那无形的气体特征中，我们已经清楚地感到了命运的结果。这时又过了一天，带走了人类的最后一线希望。我们在急剧变化的空气中喘息。鲜红的血液在狭窄的血管里奔涌。所有的人都陷入了一种谵妄，他们朝可怕的苍天僵直地展开双臂，一边浑身颤抖一边大声尖叫。但那颗灾星的彗核此时已接触地球，甚至在这儿，在庄严世界，我一说到那时刻就禁不住发抖。让我说得简短些吧，就像那场灭顶之灾一样短暂。因为一时间只看见一种可怕的光，降临一切并穿透一切。然后，让我们膜拜吧，沙米恩，在至高无上的上帝面前！然后，突然传来一个充满天际、声震寰宇的声音，那声音仿佛就从他口中发出；接着我们所生存于其中的整个空间，顿时燃起了一种炽热的火焰，它那种超凡的光辉和炽热，甚至连天堂里那些无所不知的天使也形容不出。一切就这样毁灭。

与一具木乃伊的谈话

对我的神经来说，前一天晚上的讨论会稍稍有点过分。我感到头痛得厉害，而且非常困倦。因此我没有按原计划出门去消磨夜晚，而是想到了最好在家吃点东西，然后立即上床睡觉。

当然是一顿分量很少的晚餐。我总是很爱吃威尔士调味乳酪。虽说一次超过一磅在任何时候都不可取。不过来上两磅并不会有实质性的妨害。而二和三之间其实只差一。或许我冒险尝试过四。我妻子会允许五，但她显然混淆了两种性质截然不同的东西。我乐于接受“五”这个抽象的数，但具体说来它指的是黑啤酒的瓶数，说到调味食品，没有黑啤酒最好别尝试威尔士乳酪。

就这样吃过一顿节约的晚餐，我怀着平静的希望戴上睡帽，唯愿能一觉睡到第二天中午。我把头放上了枕头，由于问心无愧，眨眼之间就进入了一种酣睡状态。

可人类的愿望何时得到过满足？我还未能打完第三个呼噜，大门外就传来了吵闹的铃声，接着有人性急地敲打门环，声音顿时把我惊醒。一分钟后，当我还在揉眼睛，我妻子劈脸丢给我一张便条，便条是我的老朋友庞隆勒医生写来的。其内容如下：

我亲爱的好朋友，收到此条后请务必尽快来我处。来吧，来增添我们的快乐。经过锲而不舍的周旋，我终于征得了市博物馆理事会的同意，开棺检查那具木乃伊，你知道我说的哪具。我还获得允许，如果需要，可解开缠裹物并进行解剖。只有几位朋友到场，你当然是其中之一。木乃伊现已在我家，我们将于今晚11点开棺。

你忠实的庞隆勒

待我读到庞隆勒的签名时，我方觉被猛击了一掌，顿时完全清醒。我欣喜若狂地从床上一跃而起，撞翻了所有挡道的东西，以惊人的麻利穿好衣服，然后以最快的速度出门直奔医生家。

我发现迫不及待的朋友们已聚集在那里。他们等我已经等得不耐烦。那具木乃伊早已被放上餐桌，我一进屋对它的考察就马上开始。

这具木乃伊是庞隆勒的表兄阿瑟·萨布雷塔什船长几年前带回来的两具中的一具。发掘出它的那座陵墓位于远离尼罗河岸底比斯古城的利比亚山区中埃勒斯亚斯附近。该地区的墓穴虽比不上底比斯那些石墓壮观，但由于它们能提供更大量的关于古埃及民间生活的实证，因而引起了世人更大的兴趣。据说发掘出我们这具标本的那个墓室就有许许多多那样的实证。墓室的墙壁完全被壁画和浮雕所覆盖，而墓中的雕像、花瓶以及图案精美的镶嵌工艺品则显示出死者生前的富有。

这件珍宝一直按萨布雷塔什船长发现它时的原样丝毫未动地存放在博物馆里，也就是说，棺材迄今尚未开过。八年来它就这样放置，只让公众参观其外表。所以，现在由我们支配的是一具完整的木乃伊。而凡是知道这种未遭洗劫的古代瑰宝到达我们的海岸是多么难得的人，都能一眼就看出我们有充分的理由为我们的好运而感到庆幸。

走近桌边，我看到放在上面的是一个大盒子，或者说大箱子，差不多有 7 英尺长，大概有 3 英尺宽，高度约为 2 英尺半。箱子是长方形，不是棺材形状。

我们开始以为其质地是埃及榕木（悬铃木），但经切割发现是人造木板，或更正确地说，是用纸莎草为原料造的混凝纸浆板。棺材上密密麻麻地绘着表现葬礼场面和其他一些悲哀主题的图画，其间在每一个不同的方位都有一串象形文字，这些字符无疑是代表死者的姓名。幸亏格利登先生是我们中的一员，他能毫不费力地翻译那些字符，那些发音简单的字符所代表的名字读作阿拉密斯塔科[1]。

我们费了点力才弄开那个箱子而没有对它造成损坏，但完成这一工作后我们又遇到了第二个木箱，这一个是棺材形状，尺寸比外边的一个小得多，但在其他方面都一模一样。两个箱子之间的空隙填满了树脂，这在某种程度上毁损了里面一个的色彩。

打开这第二个木箱（这次开得很容易），我们又发现了第三个，又是棺材形状，与第二个没有什么不同，只是它的质地是杉木，还散发出那种木料特有的芳香。第二个箱子与第三个之间没有填充物，两个箱子紧紧相扣。

打开第三个箱子，我们发现并取出了木乃伊本身。我们本以为会像通常一样发现它被包裹在一层层亚麻

1 “阿拉密斯塔科”之原文是 Allamistakeo，英语国家的读者很容易读出其寓意“All a mistake, O!（啊，全盘皆错！）”。

布带或绷带之中，可结果我们却看到了一种纸莎草做的缠裹物，外面涂有一层镀金描画的熟石膏。石膏上的绘画主题表现了所想象的该灵魂的各种义务，它被引荐给诸神的场景，以及许多完全相同的人物形象，后者很有可能就是为被制成木乃伊的人所画的像。包裹着的木乃伊从头到脚就是一块柱形或竖形的碑，上面铭刻着表音象形文字，再次给出了死者的姓名头衔以及他亲属的姓名头衔。

在这样缠裹着的脖子上，套着一个柱形玻璃珠项圈，玻璃珠五光十色，其排列形式构成诸神和圣甲虫等的化身，伴着那个有翅膀的太阳。腰部也有一个同样的项圈，或者说腰圈。

剥掉那层纸莎草，我们发现尸体保存得完好无损，没有丝毫异味。尸体表面呈红色。皮肤结实、平滑而富有光泽。牙齿和头发完好如初。眼睛（似乎）被剜去，代之以玻璃眼珠，显得非常漂亮并逼真得令人惊叹，只是目光之凝视多少显得过于坚毅。手指和脚趾的指甲都被镀了亮晃晃的金。

格利登先生认为尸体表层的红色完全是由于沥青所致，但用一钢具轻刮表层并将刮下的一点粉末投入火中，樟脑味和另一些树脂的芳香味清晰可闻。

我们非常仔细地在尸体上寻找通常取出内脏的开

口,但令我们吃惊的是竟然未能找到。而当时在场的人,竟无人知晓完整的或没有开口的木乃伊并非不常遇见。制作木乃伊的惯例是从鼻孔取出脑髓，在体侧切一开口掏去内脏，接着剃须，洗净，浸以盐，然后放上几个星期，最后才开始那种被严格地称为“香存”的涂油填香处理。

由于没找到任何切口的痕迹，庞隆勒医生开始摆弄器具准备实施解剖。这时我注意到时间已是深夜两点，于是大家一致同意把体内考察推迟到第二天晚上进行。当我们正要分手离去，有人突然提议用伏打电堆来进行一两次实验。

为一具至少已有三四千年历史的木乃伊通电，这主意即使说不上聪明绝顶也足够新鲜，我们大家顿时都想一试。怀着一分认真九分玩笑的心情，我们在医生的书房里准备好了电池组，并把那个埃及人搬进了书房。

我们费了好一番手脚才终于将尸体的太阳穴肌肉裸露，那里的肌肉显得不像尸体的其他部分那么僵硬。但正如我们所料，通电之后尸体对电流理所当然地没有任何感应的迹象。这第一次实验的结果的确显得非常明确，随着一阵对这种荒唐行为的自我嘲笑，我们互道晚安准备回家，这时我的目光无意之间落在了那具木乃伊的眼睛上，并立即在惊奇中被吸引住了。其实我最初短短的一瞥已足以使我相信，那双我们都以为是玻璃珠的眼睛，那双刚才显而易见是大睁着的眼睛，现在已基本上被眼皮遮住，只剩下很少一点白膜还可被看见。

我高声提请大家注意，大伙儿马上就注意到了这个明显的事实。

我不能说我当时因那种现象而感到了惊恐，因为“惊恐”二字于我当时的情形并不精确。不过要不是有黑啤酒垫底，我很可能当场发神经病。至于其他诸位，他们当时的确没有试图掩饰其明白无误的丢魂丧魄。庞隆勒医生的惊骇状实在让人可怜。格利登先生以一种奇特的步伐逃得无影无踪。而我相信，西尔克·白金汉先生还不至于无耻到否认下列事实的地步，他当时手脚并用爬到了桌子下边。

不过，待我们从第一阵惊吓中回过神来，我们理所当然地决定马上着手进一步实验。这一次我们把接线点选在木乃伊右脚大拇趾上。我们在拇趾籽骨外切开一道口子，把电线接到扩展肌深处。然后我们调整了电池组，直接对分叉神经通电。这时，随着一阵颇似生命迹象的运动，那具木乃伊先是屈卷起右膝，卷得差一点碰到腹部，然后以惊人的力量猛一伸腿，一脚踢中庞隆勒医生，竟踢得那位绅士像离弦之箭飞出窗口，掉在了窗外的大街上。

我们蜂拥而出，想去收回那位牺牲者血肉模糊的尸骨，但幸运地在楼梯口碰到了他，他正以一种令人莫名其妙的仓促劲儿匆匆上楼，洋溢着一种最热烈的镇静，并且比刚才更加认识到有必要进行我们严谨而热心的实验。

因此我们依照他的建议，当即在被实验者的鼻尖切开了一道深口，医生本人下手最狠，他使劲儿地拉扯鼻子接上电线。

无论以精神而论还是就肉体而言，不管从比喻上说还是照字面上讲，实验的结果都可谓惊心动魄。其一是尸体睁开了眼睛，并且一连飞快地眨动了好几分钟，就像巴恩斯先生在哑剧里表演的那样；其二是它打了一个喷嚏；其三是它坐了起来；其四是它迎面给了庞隆勒医生一拳；其五是它转向格利登和白金汉二位先生，用地道的古埃及语对他俩说道：

“我必须说，先生们，我对你们的行为既感到诧异，又感到屈辱。对庞隆勒医生我本来就没有指望他能干出什么好事。他是个不知好歹的、可怜的、小小的、胖胖的白痴。因此我怜悯他并且原谅他。而你，格利登先生，还有你，西尔克，你俩一直在埃及旅行和居住，别人也许会以为你们在那儿土生土长。你，正如我刚才所说，在我们当中生活了那么长的时间，以至我认为你讲埃及语之流利就像你用母语写作那么流畅。而你，我从来就看作是木乃伊之忠实朋友的你，我本来真指望你的行为能更像一名绅士。可你俩见我受到这等无礼对待却袖手旁观，这叫我做何感想？在这样冷的鬼天气，你俩却允许毫不相干的普通人打开我的棺材，脱掉我的衣服，这又叫我做何感想？（说关键的一点）你们唆使并帮助那个可怜的小恶棍庞隆勒医生拉扯我的鼻子，这究竟要我以什么眼光来看待你们？”

读者肯定会理所当然地认为，在当时那种情况下听见这番话，我们要么夺门而逃，要么歇斯底里发作，要么干脆当场晕倒。我所说的这三种行为都可以被料到。实际上它们似乎都很有可能发生。可我发誓，我迄今尚不明白是怎么回事，为什么这三种行为中的任何一种都没有被我们当中的任何一人采用。不过，这真正的原因也许该从时代精神中去寻找，这种精神完全按反向判断的规律发展，而且现在通常被认为是所有自相矛盾和不可能的事情之解答。或许那原因仅仅在于木乃伊那种非常自然和注重事实的神态，那种神态使他的话听起来并不可怕。但无论原因是什么，事实却非常清楚，当时我们中没有一人表现出特别异常的惊恐，或是看上去好像认为事情出了什么特别异常的差错。

至于我自己，我确信事情完全正常，因而只往旁边挪动了一下，避开那个埃及人拳头所及的范围。庞隆勒医生把双手插进裤兜，紧紧盯着木乃伊，臊得面红耳赤。格利登先生捋了捋他的连鬓胡，并竖起了他的衬衣衣领。白金汉先生耷拉下脑袋，而且把右手拇指放进了嘴巴左角。

那个埃及人表情严肃地将他打量了几分钟，最后冷笑了一声说：

“你干吗不说话，白金汉先生？你没听见我刚才问你什么？请把你的拇指从嘴里拿出来！”

于是白金汉先生略为一惊，从他嘴巴的左角抽出了右手拇指，同时作为补偿，又将左手拇指塞进了上述那个缝隙的右角。

见不能从白金汉先生口中得到回答，那埃及人愤然转向格利登先生，以一种命令的口气要他大体上解释一下我们的用意是什么。

格利登先生用古埃及语做了极为详细的回答。若不是美国缺乏印刷象形文字的条件，我会非常乐意用原文一字不漏地记录下他那番非常精彩的讲话。

我最好趁这个机会说明，以下有那具木乃伊参加的谈话全部用的是古埃及语，就我自己和其他几位未曾远行过的人而论，则由格利登先生和白金汉先生充当翻译。这二位先生讲那具木乃伊的母语真是无与伦比地优雅流利。但我不能不注意到（无疑是为了向那个异乡人介绍一些完全现代，当然也就完全新颖的概念），这两位旅行家有时也被迫采用一些切合实际的方式来传达一个特殊的意思。比如说格利登先生一时间没法让那个埃及人明白“政治生活”一词的含义，于是他只好用炭笔在墙上画出一个衣冠不整、有酒糟鼻的小个子绅士，那绅士左腿朝前，右臂甩后站在一个讲坛上，紧握拳头，眼望苍天，嘴巴张成一个 90 度角。同样，白金汉先生也没法用语言传达“假发”这一绝对现代的概念，最后（在庞隆勒医生的建议下）他脸色发白地同意揭下自己头上的实物。

不难理解，格利登先生的那番演说主要是在论述发掘和解剖木乃伊给科学带来的极大好处。他同时也为这样做有可能给他，具体说就是给这个名叫阿拉密斯塔科的木乃伊所带来的任何骚扰表示歉意。结束时他给出了一个暗示（因为这几乎只能被视为暗示），由于这些无关紧要的小事已经解释清楚，最好是按原计划继续进行调查研究。这时庞隆勒医生准备好了他的器械。

对那位雄辩家最后提出的暗示，阿拉密斯塔科似乎感到了某种良心上的不安。这种不安的性质我不甚清楚。不过他表示他本人对刚才的正式道歉感到满意，然后他跳下桌子，同在场的各位一一握手。

握手仪式一结束，我们立刻就忙着修补刚才解剖刀在我们的被实验者身上留下的创伤。我们缝合了他太阳穴上的伤口，用绷带包扎好他的右脚，并在他的鼻尖上贴了一块1英寸见方的黑膏药。

这时大家才注意到伯爵（这似乎是阿拉密斯塔科的头衔）有点微微发抖，这无疑是天冷的缘故。医生马上奔向他的衣柜，并很快就取来了一件詹宁斯服装店最佳式样的黑色燕尾服、一条天蓝色加条纹的方格花呢裤子、一件方格花布的粉红色女式衬衫、一件宽大的花缎背心、一件白色的男士短外套、一根带钩的手杖、一顶无檐的帽子、一双漆皮长筒靴、一双淡黄色小山羊皮手套、一副眼镜、一副胡须，外加一条长长的领带。由于伯爵和医生的身材不同（两者的比例为二比一），把那堆服饰穿到埃及人身上还有一点小小的困难，不过当一切拉扯停当，他可以说是被打扮了一番。所以格利登先生让他挽住他的胳膊，把他领向壁炉边一把舒适的椅子，而医生则当即摇铃叫仆人送来了雪茄和葡萄酒。

谈话很快就变得轻松活跃。当然，对阿拉密斯塔科依然还活着这一多少有点惊人的事实，大家都表现出了强烈的好奇心。

“我本来以为，”白金汉先生说，“你早已死了。”

“哦，”伯爵非常惊讶地答道，“我才700岁出头一点！我父亲活了1000岁，而且死的时候一点没老糊涂。”

伯爵的话引起了一连串的提问和推算。结果证明，以前对这具木乃伊年代的估计是大大错了。原来自从他被放入埃勒斯亚斯附近的墓穴，已经过去了5050年又几个月。

“可要我说，”白金汉先生重提话头，“与你被埋葬时的年龄无关，事实上我乐于承认你现在仍然是个年轻人，我的意思是说你被埋葬后那段漫长时间，据你刚才的模样来看，就是你被包裹在沥青里的那段时间。”

“在什么里？”伯爵问。

“在沥青里。”白金汉先生重复道。

“啊，原来如此，我多少明白了你想说什么。这问题无疑值得一答，在我那个时代，我们除了二氯化汞几乎不用别的东西。”

“可我们最弄不懂的问题，”庞隆勒医生说，“就是5000年前你就已经死亡并被埋葬在埃及，怎么会今天在这儿复活，而且看上去精神这么好。”

"如果我真像你所说的已经死亡，"伯爵回答，"那我现在很可能仍然是一具僵尸，因为我发现你们还处在电流疗法的初级阶段，用这玩意儿在我们那个时代连件普通的事也做不成。可实际情况是，我当时陷入了强直性昏厥，而我最好的朋友们认为我已死去或可能会死去，因此他们立刻把我香存了起来。我相信你们都知道香存作用的基本原理。"

"这个，并不完全知道。"

"啊，我明白了。多么可悲可叹的愚昧状态！好吧，我现在也没法详细讲解，但有必要说明，在埃及，香存（严格地说）就是让全部肉体功能在其作用下无限期中止。我是在最广泛的意义上使用'肉体'一词，它包括除了精神和生命存在之外的生理存在。我再重复一遍，对我们来说，香存的主要原理就在于让全部肉体功能在其作用下立即暂停，并保持无限期的中止。简言之，被香存者当时处于什么状态，那他就保持什么状态。而我有幸具有圣甲虫的血缘，所以我被香存时仍然活着，就像你们现在所看见的我一样。"

"圣甲虫的血缘！"庞隆勒医生失声道。

"是的。圣甲虫是一个显赫但人丁不旺的贵族世家的标志，或者说'纹章'。具有'圣甲虫的血缘'不过是说属于那个家族的一员。我刚才是用的象征说法。"

“可这与你现在还活着有什么关系？”

“对啦，按照埃及的一般习俗，尸体被香存之前得掏去内脏和脑髓，唯有圣甲虫家族不依从这一习俗。所以，我若不是圣甲虫家族的一员，那我早就没有了内脏和脑髓。而没有这两样东西，活下去将有诸多不便。”

“这下我明白了，”白金汉先生说，“而且我猜想，所有到手的完整木乃伊都属于圣甲虫家族。”

“这毋庸置疑。”

“我想，”格利登先生非常温和地说，“圣甲虫是埃及诸神之一。”

“埃及诸什么之一？”那具木乃伊突然站起身来惊问道。

“诸神！”旅行家重复了一遍。

“格利登先生，听你这么说我都感到害臊，”伯爵说这话重新坐回椅子，“这星球上没有哪一个民族不是从来就承认只有一个神。圣甲虫、灵鸟之类于我们（就像类似的生物于其他民族），只是一些象征，或者说通神媒介，我们通过他们向一位创造者奉献我们的崇拜，那位创造者太伟大，不容更直接的崇敬。”

这下出现了一阵沉默。最后庞隆勒医生重新提起了话头。

“据你刚才的一番解释，”他说，“那在尼罗河畔的那些墓穴里还有其他活着的圣甲虫家族的木乃伊，这也并非不是不可能的事。”

“这一点毫无疑问，”伯爵回答，“所有尚活着便被偶然香存的圣甲虫家族成员，那现在都还活着。甚至有些故意被香存者也有可能被他们指定的解存者忽略，因而现在还躺在坟墓里。”

“请你解释一下好吗，”我说，“你说的‘故意被香存’是何意思？”

“非常乐意。”那具木乃伊从眼镜后面从容不迫地把我打量了一番，然后才回答，因为这是我第一次冒昧地直接向他提问。

“非常乐意，”他说，“我那个时代人的平均寿命是800岁左右。若非特别的意外事故，很少有人在600岁之前死去，极少数人也能活上1000岁，但800岁被视为自然期限。在发现我已经给你们讲过的香存原理之后，我们的哲学家认为一种值得称赞的好奇心可以被满足，而与此同时，用分期生活的方式来过完这一自然期限对科学也会大有益处。其实就历史而论，经验也证明这种方式必不可少。比如说一位500岁的历史学家，他可以呕心沥血地写成一本书，然后让自己被小心地香存，事先给他的解存人留下指示，他们应该在多少年之后使他复活，比如说500年之后或600年之后。而待他到期复活过来，他一定会发现他那部巨著早已变成了一个杂乱无章的笔记本，也就是说，变成一个文学竞技场，一群怒气冲冲的评注家正在上面争吵，他们那些相互矛盾的推测和哑谜正在上面倾轧。那位历史学家会发现，这些打着注解旗号或借以校勘名义的猜测和臆断已完全歪曲、遮掩和淹没了正文，结果作者本人不得不打着灯笼去寻找他自己的书。待把书找到，他才发现该书已毫无费心去搜寻的价值。鉴于该书已被彻底歪曲，人们会认为那位历史学家有一项义不容辞的责任，那就是根据他个人的知识和经验，立即着手纠正当代人关于他原来生活的那个时代的传说。正是凭着几位不同时期的哲人所进行的这种重新和亲自校订，我们的历史才免于堕落为纯粹的天方夜谭。”

“对不起，”这时庞隆勒医生用手轻轻拍了拍埃及人的胳膊，“请原谅，先生，我能打断你一下吗？”

“当然可以，先生。”伯爵一边回答一边挺直了身子。

“我只想问你一个问题，”医生说，“你刚才讲那位历史学家亲自纠正关于他那个时代的传说。那请问先生，按平均数计算，这些神秘经正确的部分通常占多大比例？”

"神秘经，正如先生你恰当的称呼，通常被发现与未经重写的史书本身所记载的内容完全一致。也就是说，迄今所知的这两者中之任何一种的任何一点在任何情况下都不是完全错误的。"

"可是，"医生继续道，"既然你在陵墓中至少过了5000年这一点非常清楚，那我当然认为你们那个时期的历史（如果不是传说）对世人普遍感兴趣的一个话题，即上帝创世这个话题，也是足够清楚的，正如我假定你也知道的一样，上帝创造这个世界仅仅发生在你们那个时代大约1000年前。"[1]

"你说什么，先生！"阿拉密斯塔科伯爵问道。

医生把他的话又复述了一遍，但只是在加了大量解释之后，那个异乡人才终于明白了这番话的意思。最后他吞吞吐吐地说：

"我承认，你提到的那些概念，对我来说完全新颖。在我那个时代，我从不知道任何人怀有这么新奇的怪念头，竟认为宇宙（或者说这个世界，如果你们愿意

1　基督教右派"创世论"认为人类历史只有约6000年，其根据是按《旧约》记载的亚当及其后裔的年岁推算，如大洪水泛滥时距上帝造亚当过了1656年（亚当130岁生赛特，赛特105岁生以挪士，以挪士90岁生该南，该南70岁生玛勒列，玛勒列65岁生雅列，雅列162岁生以诺，以诺65岁生玛土撒拉，玛土撒拉187岁生拉麦，拉麦182岁生挪亚，挪亚600岁时发大洪水），挪亚的曾孙宁录去亚述建尼尼微时距洪水泛滥又过了大约100余年，而亚述古国的历史大约从公元前2500年至公元前612年。

这么说）有一个开端。我记得有一次，而且只有那么一次，我听一位智者隐隐约约地暗示过有关人类起源的事。这位智者使用了你们所使用的亚当(或者说红土)这个字眼。但他是从广义上使用这个字，与从沃土中的自然萌发有关（就正如上千种低等生物自然萌发那样)，我是说五大群人类之自然萌发在这颗星球上五个几乎相等的不同区域同时发展。”

这时几乎所有在场的人都耸了耸肩头，其中一两位还带着意味深长的神情触了触他们的额顶。西尔克·白金汉先生先是轻蔑地看了阿拉密斯塔科的后脑勺一眼，接着又看了他前额一眼，最后发表议论如下：

“你们那个时代寿命的长度，加之你所解释的那种分期生存的偶然实施，肯定都非常有助于知识的全面发展和积累。因此我敢说，与现代人相比，尤其是与新英格兰人相比，我们应该把古埃及人在所有科学项目方面的不发达完全归因于他们头盖骨较大的体积。”

“我再次承认，”伯爵非常谦和地说，“你的话又有点让我不知所云。请问你说的科学项目指的是什么？”

于是我们七嘴八舌地为他详细讲述了骨相学之假定和动物磁性说之奇妙。

听完我们的介绍，伯爵谈起了几件逸事，这些鲜为人知的往事证明，加尔[1]和施普尔茨海姆[2]的骨相学在早得几乎已被人遗忘的年代就曾经在埃及兴盛并衰落，而与创造了虱灾蝗灾及其他许多类似神迹的底比斯法师那些真实的奇迹[3]相比，梅斯默尔[4]那套动物磁性说真是不足挂齿的雕虫小技。于是我问伯爵，他那个时代的人是否能计算出日食月食。他非常傲慢地一笑，回答说能够。

这使我有点难堪，但我接着又问他一些有关天文学知识方面的问题。这时我们当中的一位还没开口过的成员把嘴凑近我耳边低声说道，关于这个话题，我最好去查阅托勒密的书（托勒密是谁）[5]，另外再读读普卢塔克的《月相说》。

于是我问木乃伊关于凹透镜和凸透镜，并大体上问他关于透镜的制造。可不待我把问题问完，那位寡言先生又悄悄碰了碰我的胳膊肘，求我看在上帝的分

1　加尔（Franz Joseph Gall，1758—1828）奥地利解剖学家，骨相学之创始人之一。

2　施普尔茨海姆（Johann Christoph Spurzzheim,1776—1832），德国医生，加尔的学生和合作者，是他把加尔的骨相学理论发展成为完整的体系。

3　底比斯法师指摩西和亚伦。二人行神迹之事参见《旧约·出埃及记》第8—10章。

4　梅斯默尔（Franz Anton Mesmer，1734—1815），奥地利医生，磁性（催眠）治疗学之创始人。

5　托勒密的父母虽然都是希腊人，但他出生在埃及，并长期在亚历山大城求学和工作。

上务必翻一翻狄奥多罗斯的《历史丛书》。至于伯爵，他只是以问代答，反问是否我们现代人拥有能使我们雕出埃及贝雕风格的显微镜。我正在思考该如何作答，小个子庞隆勒医生突然以一种令人惊奇的方式插了进来。“请看看我们的建筑！”他高声嚷道，两位怒不可遏的旅行家拧得他身上青一块紫一块也没能制止住他丢人现眼。

“请看，”他热情洋溢地高喊，“请看看纽约的鲍林格林喷泉！如果这看起来太大，那就先看看华盛顿的国会大厦！”这位好心的小个子大夫接着便详细谈论起他所提到的那座建筑之宏大。他解释说，单是那门廊就装饰有整整 24 根大圆柱，圆柱直径为 5 英尺，间距为 10 英尺。

伯爵说，他遗憾的是一时间记不起阿佐纳克古城那些建于史前时代的主要建筑中任何一座的精确尺寸，只记得他进入陵墓之前，那些建筑的废墟依然耸立在底比斯城西面辽阔的沙土平原上。不过（说到圆柱门廊），他想起了底比斯郊外一个叫卡纳克的地方有一座小小的神殿，该殿的门廊由 144 根圆柱构成，每根圆柱的周长为 37 英尺，柱与柱之间相距 25 英尺。从尼罗河边到那个门廊要经过一条两英里长的通道，通道两边建有 20 英尺高的狮身羊头像、60 英尺高的各类雕像和 100 英尺高的方尖塔。（像他所能记清楚的那样，）神殿本身的一个侧面有两英里长，而神殿方圆大概共有七个侧面。其墙壁内外都绘满了艳丽的图画，其间描绘有难解的字符。他不能妄自断言那些墙内能建下 50 座还是 60 座医生所说的国会大厦，但他说要塞进二三百座那样的大厦肯定会碰上点麻烦，因为卡纳克神殿毕竟是一座微不足道的小建筑。然而，他（伯爵）不能昧着良心拒绝承认医生所描述的鲍林格林那座喷泉之精巧、之壮观、之超凡绝伦。他被迫承认，无论在埃及还是在其他地方都不曾见过类似的建筑。

这时我问伯爵他对我们的铁路想说点什么。

“没什么特别要说的。”他回答。它们很不结实，设计相当不合理，结构也粗陋笨拙。它们当然不能够比拟古埃及那种庞大的、水平的、笔直的凹沟铁道，古埃及人曾在上面运送过整座整座的神庙和 150 英尺高的完整的方尖塔。

我谈到了我们强大的机械动力。

他承认我们对机械略有所知，但又问我该用什么方法把拱墩放上哪怕是小小的卡纳克神殿的过梁。

对这个问题我决定听而不闻，并继续问他是否对自流井有任何概念。可他只是扬了扬眉头，而格利登先生则使劲朝我眨眼睛，并悄声告诉我受雇在大绿洲钻井找水的工程师们最近已经发现了一口。

于是我提到了我们的钢。但那个异乡人翘起鼻子，问我们的钢是否能雕刻方尖塔上那种全凭铜制利器雕刻出的线条清晰的浮雕。

这下把我们问得张口结舌，于是我们认为最好是把话锋转向形而上学。我们派人取来一本名叫《日晷》的刊物，选读了一两章关于某种不甚明了却被波士顿人称为“伟大运动”或“进步”的东西。

伯爵仅仅说那种伟大运动在他那个时代是糟糕透顶的平凡之事，至于说进步，它一度也是件令人讨厌的事，但它从来没有进步。

于是我们谈起了民主的美妙无比和极其重要，挖空心思要给伯爵留下一个适当的印象，让他意识到我们生活在一个有自由参政权而没有国王的地方所享受到的诸多好处。

他听得津津有味，而且实际上显出了极大兴趣。待我们讲完，他说很久以前他们那儿曾发生过非常相似的事。埃及的 13 个州一致决定实行自由，从而为全人类树立一个极好的榜样。他们集中了所有的智者，编出了所能构想出的最精妙的法典。一时间他们也应付得相当成功，只是他们吹牛说大话的习性根深蒂固。结果，那 13 州与另外 15 或 20 个州的合并使自由政体变成了地球上所听到过的最令人作呕、最不能容忍的专制制度。

我问篡权的专制暴君叫什么名字。

据伯爵的回忆，专制暴君名叫乌合之众。

对此不知说什么才好，于是我提高嗓门，为埃及人对蒸汽的无知而感到遗憾。

伯爵惊讶万分地盯着我，却没有作答。可那位寡言绅士用肘狠狠戳了戳我的肋骨，告诉我这一次已充分暴露自己，并问我是否真是那样一个白痴，竟然不知道现代蒸汽发动机是由法国工程师所罗门·德科根据希罗[1]的发明改进得来的。

此时我们眼看就要陷入狼狈不堪的境地，可碰巧庞隆勒医生又重振旗鼓杀回来营救我们，他质问是否古埃及人真的痴心妄想在所有重要的服装项目上与现代人一决雌雄。

听完这话，伯爵低头看了看他裤子上的条纹，随后又撩起他那件燕尾服的一边后摆，凑到眼前打量了好几分钟。最后他丢开那条燕尾，嘴巴慢慢张开到最大程度，但我不记得他回答了任何只言片语。

于是我们又恢复了元气，医生神态庄重地走到木

---

1 希罗（Hero of Alexandria），公元1世纪希腊哲学家，第一台蒸汽动力装置的发明者。

乃伊跟前，希望他以一名绅士的名誉担保，老老实实地说出是否埃及人在任何时期知道过庞隆勒片剂或布兰德雷斯药丸[1]的加工制造方法。

我们非常急切地期待他的回答，但结果却是白等一阵。那答案并非唾手可得。埃及人终于面红耳赤地耷拉下了脑袋。从不曾有过比这更尽善尽美的胜利，也从不曾有过比这更不甘心的失败。实际上我简直不忍心去看那具可怜的木乃伊脸上的屈辱和羞愧。我伸手触了触帽檐，礼节性地朝他点了点头，然后告辞离去。

回到家时我发现已过凌晨 4 点，于是立刻上床睡觉。现在是上午 10 点，我 7 点钟起床后就一直在为家庭和人类的利益写下这些备忘录。我是再也不想看到这个家了。我妻子是个泼妇。实际上我打心眼里厌倦了这种生活，也大体上厌倦了 19 世纪。我确信这世道事事都在出毛病。再说，我急于想知道 2045 年谁当美国总统。所以，待我一刮完胡子并喝上一杯咖啡，我就将走出家门去找庞隆勒医生，请他把我制成木乃伊，香存 200 年。

1 “庞隆勒片剂”是作者的杜撰，而“布兰德雷斯药丸”是当时一种便宜的泻药。

冯·肯佩伦和他的发现

在阿拉戈那篇纤悉无遗、淋漓尽致的大论之后，尤其在《稀里蒙杂志》那份包括莫里上尉刚发表的详尽报告在内的摘要综述之后，我在此就冯·肯佩伦之发现再匆匆说上几句，读者当然不会以为我是要用一种科学的观点来探讨这个问题。我的目的非常简单。一是要稍稍谈谈冯·肯佩伦本人（几年前，我曾荣幸地与他有过一次泛泛之交），因为眼下任何与他有关的情况都必然值得注意；二是想从纯理论的角度，大体上臆测这一发现将要导致的后果。

不过，我最好是先用一个否定来作为这草率之篇的前提，我断然否定那种（与平常一样从报纸上得来的）似乎是普遍印象的看法，即这发现的确令人惊骇且始料不及。

参阅（伦敦科特尔及罗芒出版公司150页本）《汉

弗莱·戴维爵士化学手记》，我们会在第 53 页和 82 页上发现，那位杰出的化学家不但早就想到了我们现在所讨论的这个问题，而且实际上从实验中取得了并非无足轻重的进展，而他的实验分析方法与今天被喜气洋洋地归功于冯·肯佩伦的方法几乎如出一辙。尽管冯·肯佩伦对这一点只字未提，但毫无疑问（我断然宣称这点，而且必要的话我能证明），他自己的所作所为最初是受到了《化学手记》的启发。虽然这问题专业化了一点儿，但我还是忍不住将《手记》中的两段抄录于此，并附上汉弗莱爵士的一个化学方程式（编者按：鉴于我们缺乏必要的代数印刷符号，加之在阿森纳姆图书馆可查到《化学手记》，所以我们在此处删去了坡先生手稿中的一小部分）。

最初由《信使问询报》发表，现在被各家报刊争先转载的那篇短讯，声称这一发现应归功于缅因州不伦瑞克一位叫基萨姆的先生。坦率地说，这篇短讯在我看来不足为信。我这样说有好几个理由，尽管短讯所声称之事并非不可能，或者说并非完全不可能。我对该短讯的看法主要是根据它的风格。它显得并不真实。陈述论据的人，很少像基萨姆先生那样显得特别在意精确的时间和场所。况且，如果基萨姆先生真像他自己声称的,在他所说的那个时期（差不多 8 年以前）

偶然撞上了这个发现，那他怎么会没有马上采取措施从这发现中获取巨大的利益？因为连十足的乡下人也肯定明白，这种发现即便不能使整个世界受益，至少也会使他个人得到好处。此外我难以相信，任何一个有正常判断力的人，能在发现了基萨姆先生所声称的那种方法之后，又行动得像个孩子，正如基萨姆先生自己承认的那样，简直就像个一本正经的白痴。另外顺便问一问，谁是基萨姆先生？《信使问询报》的这篇短讯该不会是一个“抛砖引玉”的虚构？必须承认，它有一种令人惊异的月球骗局的意味。依本人之愚见，此文基本上不可相信。要不是我从经验中得知，科学家们在自己的专业领域之外是多么容易受蒙蔽，我也许真会惊于发现了一名像德雷珀教授一样杰出的化学家，也许会以严肃的口吻谈论基萨姆先生（或许该是欺傻帽先生？）对这一发现提出的权利要求。

让我们回头来看看汉弗莱·戴维爵士的《手记》。这本小册子本来并没有打算要被公布于众，即便是在作者去世之后，任何精通写作的人稍稍看一眼该书文体就会确信这一点。比如在第 13 页中间，当作者谈及他对氧化亚氮之麻醉性的研究时，我们读到的是这样的记载：“在不到半分钟内呼吸继续，逐渐减弱并代之以类似全身肌肉均受到轻压。”呼吸并没有被“减弱”

不仅可以从后文中看出，而且句中动词用复数形式是佐证。所以毋庸置疑，这个句子的意思是：“在不到半分钟内，呼吸继续，（这些感觉）逐渐减弱并代之以（一种）类似全身肌肉受到轻压（的感觉）。”上百个类似的例句足以证明，这份草率出版的手稿不过是一本尚待完善的笔记，它仅仅是写给作者自己看的。只消对这本小册子审视一番，几乎所有能思考的人都会相信我这种看法是正确的。事实上，汉弗莱·戴维爵士大概是这个世界上最不愿对科学问题轻易表态的人。他不仅对欺骗行为有一种异乎寻常的厌恶，而且生怕自己的结论看上去像以经验为根据。所以，对眼下正讨论的这个问题，无论他当时是多么确信自己思路正确，但在准备好所有最具说服力的实际例证之前，他绝不会把他的想法公之于众。我深信，如果他能猜到他关于烧掉这本（充满了原始想法的）《手记》的那些请求居然会被忽略，那他生命的最后时刻一定会变得非常不幸。我说他的“那些请求”，因为他当时是想把这本笔记包括在他指示“烧掉”的那些杂稿里，我认为这一点不可能有什么疑问。它免于被付之一炬到底是有幸还是不幸，这个问题尚待证明。我丝毫也不怀疑，上文抄录的两个段落以及其他类似记录给了冯·肯佩伦某种提示，但我再说一遍，这个（在任何情况下都重要的）重大发现对人类到底是有用还是有害，这个问题还有待于证明。冯·肯佩伦和他那些最接近的朋友将获得一个大丰收，对此有丝毫的怀疑也是愚蠢。他们不至于那么愚钝，以至不去及时“获取”，大量购买房产、地产和其他具有内在价值的财产。

关于冯·肯佩伦的那则短篇报道译自德文，译文最初由《家庭杂志》发表，从那之后一直被广泛转载。译者声明该文是摘译自普雷斯堡最近的一期《快讯邮报》，可他对原文的理解似乎在好几处都有讹误。“Viele”一词显而易见自始至终都被误译（正如该词常被误译一样），而译者所译的“忧患”，原文很可能是“lieden”，其正确的翻译本该是“痛苦”，这些误译也许会使原文面目全非。不过，这当然只是我个人的猜测。

不管冯·肯佩伦事实上可能是个什么样的人，他都不是“一名愤世嫉俗者”，至少从表面上看不是。我与他相识纯属偶然，而我现在几乎不敢打包票说我完全认识他。随着时间的推移，见过这么一位已声震天下，或在几天内声名鹊起的名人并与之进行过交谈，这可不是一件小事。

《文学世界》谈起他时，非常自信地说他是普雷斯堡人（大概是由于《家庭杂志》的误导），而我很高兴自己能明确地宣布，因为我是听他亲口所言，他出生在纽约州的尤蒂卡城，尽管我相信他父母的祖籍是普雷斯堡。他家与梅尔泽尔有某种渊源，就是那个因自动下棋机而死后留名的梅尔泽尔（编者按：如果我们没弄错，那个自动下棋机的发明者要么就叫肯佩伦，或冯·肯佩伦，要么就是与之相似的名字）。冯·肯佩伦长得又矮又胖，有一双又大又蓝、目光迟钝的眼睛，头发和胡须都是褐色，嘴阔却讨人喜欢，他有一口好牙和一个我所认为的鹰钩鼻。他的一条腿有点儿毛病。他谈吐直率，态度非常和蔼可亲。总而言之，他的体态相貌和言谈举止都与我所见过的“愤世嫉俗者”截然不同。大约6年前，我与他在罗得岛的伯爵旅馆相识，我们在那儿住了一个星期。我想，我在不同的时间与他进行过好几次交谈，加起来大概会有三四个小时。他的主要话题都是当时的一般话题，从他的口中，我压根儿想不到他会有什么科学上的造诣。他比我先离开旅馆，打算先去纽约，然后从那儿去不来梅，正是在后一座城市，他的伟大发现初次被公之于众，或准确地说，他正是在那儿被初次怀疑已拥有了这一发现。这就是我对现在将流芳百世的冯·肯佩伦个人情况的了解，但我认为，即便是这些枝节小事也会引起公众的兴趣。

毫无疑问，关于这件事的惊人传闻大多数都是纯粹的虚构，其可信度大约相当于《天方夜谭》中阿拉丁的神灯。但就这样一种发现而言，就像谈及在加利福尼亚发现金矿的情况一样，其真实部分显然会比虚构的还奇妙。至少下面的这段逸事已被证实无疑，所以我们可以绝对相信。

冯·肯佩伦在不来梅的日子开初并不好过，甚至称不上能勉强度日。众所周知，他曾经常采取极端手段以增加一点儿微薄的收入。当古特斯穆特公司大楼那桩轰动一时的伪造案案发时，冯·肯佩伦成了警方的怀疑对象，因为他刚在加斯帕里奇路买下了可观的房产，而当被问及钱从何来时，他拒绝回答。他终于被捕，最后似乎又因证据不足而被释放。然而警方开始对他的行动进行严密的监视，从而发现他经常离家，一成不变地走同一条路，而且每次都在那个以“雷神”之赫赫大名著称的迷宫般的窄巷弯道区附近，甩掉警方的跟踪。凭着锲而不舍的精神，警方终于跟他进了一条叫作弗拉特普拉茨的背街，上了一幢七层楼的老房子的顶楼，突然破门而入，警方发现他正在进行他们预料中的伪造活动。他当时的神情是那么惊惶，所以警官们毫不怀疑他正在犯罪。给他戴上手铐之后，他们开始搜查他那个房间，更准确地说是他那些房间，因为他好像占有整个顶楼。

与抓住他的那个屋顶室相连的是一个八九英尺见方的小房间，里面装备着一些化学仪器，其用途迄今尚未查明。在小房间之一隅有一个很小的火炉，炉中燃着火，火上是一个复式坩埚，即用一根导管连接的两个坩埚。其中一个几乎装满了熔化的铅，但尚未满至位于埚缘的导管入孔。另一个坩埚里盛着某种液体，当警察冲入时，那种液体好像正在急剧挥发。据现场警官说，冯·肯佩伦一见有人冲入，马上用双手端起坩埚（后来发现他手上戴着石棉手套），将埚中之物泼在了铺有花砖的地板上。正因为如此，他们才给他戴上了手铐。在开始仔细搜索房间之前，他们先对他进行了搜身。除了他衣袋里的一个纸包之外，没有搜出什么不寻常的东西，纸包里的东西后来被证明是一种锑和某种未知物质的混合物，二者所占比例并不完全相等。到目前为止，对那种未知物质的分析测定均告失败，但毫无疑问，它最终将被分析出来。

警官们把罪犯押出小房间，穿过一间没有搜出什么的前厅，来到了那位化学家的卧室。他们在卧室里翻箱倒柜，结果只发现了几张无关紧要的票据和一些并非伪造的金币和银币。最后当他们往床下看时，他们看见了一只普普通通的大箱子，箱子既无折叶搭扣也没有上锁，箱盖盖得非常随便。他们想把箱子从床底下拉出，结果发现即便他们一起使劲儿（他们一共3人，都身强力壮），那只箱子也“纹丝不动”。惊诧之余，他们中的一位钻到床下，看了看箱内然后说：“难怪我们拉不动它，天哪，满满一箱全都是旧铜币！”

说完，那名警察用双脚蹬住墙，以此作为支点拼命往外顶，他的伙伴也同时使劲向外拖，这才勉强把箱子从床下弄了出来，箱内所盛之物才得以被检查。被认为的满满一箱铜币全都是又小又光滑的金属片，其大小从一粒豌豆到一块美元不等。尽管这些金属片多少都呈扁平状，但实际上形状并不规则，大体上说，看上去“非常像熔化的铅滴在地板上冷却后的模样”。当时那三名警官除铜之外，丝毫没想过这种金属会是别的什么东西。他们当然绝没有想到那会是黄金。谁会有那么丰富的想象力呢？当第二天得知真相时，他们那份惊讶可想而知。消息很快就传遍了整个不来梅，原来他们那么不屑一顾，想都没想到该偷一小块，就用车一股脑地拉回警察局的“铜片”不仅是黄金（真正的黄金），而且成色比铸币黄金更足，事实上是绝对的纯金、赤金，不含丝毫可感知的杂质！

我没有必要赘述冯·肯佩伦的供词（就他已经供认的而论）和他的获释，因为这些情况早已家喻户晓。凡是心智健全者都不会随意怀疑这个事实：如果不按字面意思而据精神实质，冯·肯佩伦实际上已经实现了“点石成金”这个古老的梦想。阿拉戈先生的见解当然值得最认真的考虑，但他并非就不会出错，他在提交研究会的报告中关于铋的那番论述，就只能作为个人之见姑妄听之。实情是直到眼下为止，所有的定性分析均告失败，说不定要过一些年头，冯·肯佩伦才肯让我们知道解开他公布的这个谜的秘诀，而在此之前，这件事可能会一直处于原状。可以说，我们目前所知道的全部事实就是，“用某种未知的方式将某种未知的物质按一定比例熔入铅内，人们便可随心所欲并轻而易举地制造纯金”。

当然，人们现在正忙于推测这一发现的直接后果和最终结果。几乎所有能思考的人都会毫不犹豫地认为，这一发现起因于被加利福尼亚的“淘金热”提高的人们对黄金情况的普遍关注。而这种想法必然让我们又想到另外一点，冯·肯佩伦的发现非常不合时宜。如果仅仅因为想到黄金会因为矿山丰富的蕴藏量而大幅度贬值，于是想到千里迢迢去淘金也许并不划算，结果许多人就打消了去加利福尼亚冒险的念头。那么，对于那些正要迁往西海岸的人，尤其是对于那些实际上已在矿区安家的人，现在公布冯·肯佩伦的伟大发现会产生什么影响呢？这发现除了宣布其自身用于制造目的的内在价值外（不管这价值有多大），还直截了当地宣布了从现在开始，或至少从不久后的将来开始（因为不能认为冯·肯佩伦会长期保守秘密），黄金的价格不会比铅高多少，而且将远远低于白银。实际上很难预测这一发现的后果，但有一点也许可以肯定，假设半年前就把这一发现公之于众，那前往加利福尼亚的迁居势必会受到实质性的影响。

到目前为止，这一发现在欧洲造成的最明显的后果就是：铅的价格整整翻了两番，而银价则几乎上涨了百分之二十五。

本能与理性——一只黑猫

把动物之本能区别于人类自夸之理性的那条界限，无疑是一条最模糊不清而且最不能令人满意的界限，一条比新英格兰或者俄勒冈之州界难划得多的界限。低等动物是否具有理性，这个问题也许永远也得不到解决，当然更不会在我们目前的知识状态下得以解决。虽然人类的自恋和自大会坚持否认动物的反应能力，因为承认就意味着削弱他们自我吹嘘的至高无上，但是，当人类被迫在数以千计的事例中承认本能与他们宣称仅为己有的理性相比具有无限的优越性时，他们就不断地发现把本能贬为一种低级能力使他们陷入了自相矛盾的境地。本能非但不是一种低级理性，而且也许是最精密的智能。它在真正的哲学家看来就正如神圣的智力直接作用于其创造物。

狮蚁、海狸和多种蜘蛛的行为与人类通常的理性作用之间有一种惊人的类似，更确切地说是惊人的相同（而另一些动物的本能却没有这种类似），这只能归因于上帝的精神直接作用于动物的意志，而不是通过其肉体器官起作用。珊瑚虫为这种高级本能提供了一个值得注意的例子。这种小小的生物、陆地的建筑师，不仅具有令最熟练的工程师也能获益匪浅的能力，即以明确的目的、科学的适应和巧妙的布局构筑壁垒抵御大海的能力，而且具有人类所不具有的能力，即使其预言绝对应验的能力。它可以提前几个月就预见到它身边将会发生的变故，并在它无数同胞的帮助下采取行动，万众一心（真正的万众一心，即创造者之心）地勤奋工作，以预防那仅仅存在于未来的影响。还有一个有关蜂巢的非常惊人的研究。假若让一位数学家来解决蜂巢的形状问题，单是力度和空间就会使他发现自己碰到了最高深、最抽象的分析性研究问题。如果让他数数那给予蜂巢最大空间和最大坚固性的边的数目，再说出那个为了达到同一目的而让巢顶必须倾斜的精确角度，最后回答质问，那他一定得是个牛顿或者拉普拉斯。然而自从蜜蜂存在于世，它们就一直不断地在解决这个问题。本能与理性之间的主要区别似乎就是当其中之一的作用范围无限地变得更加精密、更加确定、更具有先见性之时，另外一个的作用范围则更加向外延伸。但我们此刻正在说教，虽然我们只想讲一个关于一只猫的小故事。

本文作者有一只这世上最非凡的黑猫，这已经很说明问题，因为人们会记起天下所有黑猫都是女巫。我们所讲的这只黑猫没有一根白毛，而且有副一本正经、道貌岸然的神态。它最经常出入的厨房只有一道门，关门装置是那种叫作拇指闩的插闩；这种插闩做工粗糙，通常需要猛劲儿加巧劲儿才能抽开。但那只猫却有每天去开那道门的习惯，它开门的方式如下。它首先从地面跃至插闩护罩处（护罩就像枪的扳机护圈），将其左前爪伸进护罩以吊住身子。然后它用右前爪压闩，直到将其抽出，这一动作往往得做几遍。然而，它似乎知道，抽出插闩，它的工作才完成一半，因为假若门尚未推开，那它一松爪插闩会重新掉进插孔。所以，它卷起身子以便其后肢正好能位于插闩之下，并以这种姿势开始它往下跳的动作，因为跳跃产生的动力会把门推开，而在这种动力产生之前，它的后肢一直支撑着插闩。

我们至少上百次地目睹过这种非凡的技艺，相信我们不会不对本文开篇那番议论留下深刻的印象：本能与理性之间的那条界线是一条模糊不清的界线。在开门的整个过程中，那只黑猫肯定运用了所有的知觉能力和反应能力，而这些能力我们习惯上认为是理性惯有并独有的特征。

催眠启示录

尽管催眠的原理还笼罩着疑云，但其触目惊心的事实现在已几乎为世人所公认。对这些事实仍持怀疑态度者便是你们所谓的职业怀疑家，一群无利可图且声名狼藉的家伙。在当今之日，对时间最大的浪费莫过于企图去证明如下事实：人，仅仅凭着意志的运用，就可以对他的伙伴施加如此深的影响，以至使其进入一种异常状态，这种状态之现象非常相似于死亡，或至少比我们所知的任何其他正常状态之现象都更相似于死亡现象。在这种状态下，被影响者起初只能费力地运用其外部感觉器官，其后便完全丧失这种能力。然而，凭借一种敏锐而精确的知觉，通过一些假定尚不为人知的渠道，他却能感知到超越生理器官感知范围的事情。更有甚者，他的智能会惊人地得到升华和加强；他与施加影响者之间的交感会深不可测；最后，他对那种影响的敏感性会随着其次数的增加而增加，而与此成正比，由此产生的那种特异现象也会越发持久，越发显著。

就其一般特征而言，这些便是催眠之规律，而如我刚才所说，这些都无须加以论证。我今天也不会把这番如此毫无必要的论证强加给我的读者。其实我眼下所抱有的是一个截然不同的目的。纵然面对铺天盖地的偏见，我也迫不得已要不加评论地详细披露一次对话的惊人内容，这次对话发生在我自己与一名被催眠者之间。

我早已习惯于对此人（凡柯克先生）施行催眠，通常的那种敏感性和催眠知觉的升华也早已产生。好几个月以来，他一直受晚期肺结核的折磨，而该痼疾所带来的大部分痛苦也一直被我的催眠术减轻。本月15日星期三晚上，我被请到了他的床边。

病人当时正感到心口剧痛，呼吸困难，呈现出气喘病通常所有的全部症状。平时遇上这病发作，他一般可用作用于神经中枢的芥子粉加以解除，但那天晚上此法一直不见效。

我走进他房间时，他高兴地微笑着向我致意。尽管他肉体上的巨大痛苦显而易见，但看上去他的精神非常安然。

"我今晚把你请来,"他说,"与其说是为了减轻我肉体上的痛苦,不如说是为了消除我精神上的某些印象,这些印象近来一直使我深感焦虑和惊诧。我用不着告诉你我对灵魂不朽这个题目一直是如何怀疑。我不能否认,似乎就在我一直否认的那个灵魂之中,总是存在着一种朦朦胧胧的不完全的感受,一种灵魂自身存在的感受。但这种不完全的感受从来也没有变成确信。我的理性与此无关。实际上,所有合乎逻辑的探究结果都留给我更多的怀疑。我一直被劝说研究一下库赞[1]。我不仅研究了库辛本人的著述,还研究了他在欧洲和美国的追随者们的大作。比如说布朗森先生[2]的《查尔斯·埃尔伍德》就曾放在我手边。我全神贯注地研读过该书。我发现它整体上合乎逻辑,但其中不尽然合乎逻辑的若干部分偏巧正是该书那位缺乏信仰的主人公最初的那些论证。在我看来非常明显,那位推理者的结论甚至连他自己都不能信服。他结尾时显然

1 库赞(Victor Cousin,1792—1867)是当时享有盛名的法国哲学家。

2 布朗森(Orestes A. Brownson,1803—1876)是美国教士及作家,曾先后当过长老会、宇宙神教、唯一神教及罗马天主教牧师。他的《查尔斯·埃尔伍德》(*Charles Elwood: or, the Infidel Converted*,1840)是一部半自传体小说。

已忘了他开头所说的，就像特林鸠罗说他那个共和国[1]一样。总之，我不久就悟出，如果人类想从理性上确信其自身的不朽，那这种信念不会从长期以来流行的那些英国、法国和德国的道学家们的抽象观念中得以建立。抽象观念可娱乐并训练心灵，却不会占据心灵。我相信，至少在这个世界，哲学将永远徒然地号召我们把抽象的质视为具体的物。意志也许会赞同，但灵魂（智能）绝不会。

“那么我再说一遍，我只是不完全地感觉，而从来没有从理性上相信。但近来这种感觉多少有所加深，直到它变得几乎像是理性的默认，以至我发现很难对两者进行区别。我还能清楚地把这种结果归因于催眠的影响。要解释这句话的意思，我只能凭这样一种假设，催眠之升华作用使我能够领悟在那种异常状态下令我信服的一系列推理。但那种完全合乎催眠现象的推理除了通过其结果，并不延及我的正常状态。在催眠状态下，推理及其结论，原因及其结果，都同时出现。在我的正常状态中，原因消失，只剩结果，而且也许

---

1 特林鸠罗（Trinculo）是莎士比亚《暴风雨》中那不勒斯王的弄臣。爱伦·坡在此显然是将其与那不勒斯王的老臣贡柴罗（Gonzalo）弄混了。在《暴风雨》第 2 幕第 1 场中，那不勒斯君臣等人因沉船而流落荒岛，老臣贡柴罗正描述要把荒岛建成一个理想国，遭人质疑，这时国王插话说：“他结尾时显然已忘了他开头所说的。”

只剩部分结果。

“这些考虑使我想到，若是在我被催眠的时候向我提出一系列引导得当的问题，那也许会产生某些好的结果。你常常观察到被催眠者所表明的那种深奥的自知，在所有与催眠状态有关的问题上所表现出来的广博的知识。而一次恰当的回答也许可以从这种自知中推演出某些暗示。”

我当然同意进行这次试验。几个手势动作就让凡柯克先生进入了催眠状态。他的呼吸立刻变得比刚才轻松，他似乎不再遭受肉体上的痛苦。随后就产生了以下对话。“凡”在对话中代表凡柯克先生，“坡”则代表我自己。

坡：你睡着了吗？

凡：是的，不。我宁愿睡得更熟一些。

坡：（又做了几个手势之后）你现在睡熟了吗？

凡：是的。

坡：你认为你现在的病结果会怎样？

凡：（经过长时间的犹豫而且似乎回答得很吃力）我肯定会死去。

坡：死的念头使你苦恼吗？

凡：（非常快地）不！不！

坡：你对这种预见感到高兴吗？

凡：如果我醒着我会喜欢死亡，可现在这无关紧要。催眠状况与死亡那么相近，这使我感到满足。

坡：我希望你能解释明白，凡柯克先生。

凡：我很乐意解释，但我感觉到我力所不能及。你的问题提得不恰当。

坡：那我应该问些什么？

凡：你必须从起点开始。

坡：起点！可哪儿是起点？

凡：你知道起点就是上帝。（说这句话是以一种低沉而波动的声调，并带有各种无限崇拜的迹象。）

坡：那何为上帝？

凡：（犹豫了好几分钟）我说不上来。

坡：上帝不是精神吗？[1]

凡：我醒着的时候知道你说“精神”是什么意思，但现在它似乎只是一个字眼，譬如就像“真”和“美”，我是说一种性质。

坡：上帝不是非物质的吗？

凡：没有什么非物质，那只是一个字眼。不为物质者什么也不是，除非性质即物质。

坡：那么上帝是物质的吗？

1 《新约·约翰福音》第 4 章第 24 节曰：“上帝即灵。”

凡：不。（这回答使我大吃一惊。）

坡：那他是什么？

凡：（久久不语，然后喃喃说道）我明白了，但这事难以言传。（又是久久不语）他不是精神，因为他存在。他也不是物质，不是你所理解的物质。但物质有人类一无所知的各种等级。粗糙者促成精良者，精良者弥漫于粗糙者。譬如，大气驱动电气原理，而电气原理则弥漫于大气。这些物质等级的粗糙或精细逐渐递增，直到我们得出一种无粒子物质，没有基本粒子，不可分，一体，推动和弥漫的法则在此被改变。这种终极物质，或者说无粒子物质，不仅弥漫于万事万物而且促成万事万物，这样万事万物都尽在其中。这种物质就是上帝。人们试图用“思想”一词使之具体化者，便是运动中的这种物质。

坡：形而上学家们坚持认为所有行为均可还原成运动和思想，而后者乃前者之因。

凡：有了。我现在已看出这种概念之混淆。运动是精神行为，不是思想行为。那种无粒子物质，或曰上帝，在其静止之时便是人们所谓的精神（这与我们能够想象的相近似）。自动力（实际上相当于人的意志）在无粒子物质中便是其一体性和无所不及性之结果。我不知道为何如此，而且我现在清楚地看出我将永远不得而知。但是，被存在于自身的一种法或一种质驱于运动状态的无粒子物质便是思想。

坡：就你所谓的无粒子物质，你不能再给我一个更准确的概念吗？

凡：人类所认识的物质，其等级性被忽略。例如我们有金、木、水、气、热、电、大气层和以太。现在我们把所有这些都称作物质，把所有物质都包含在一个笼统的定义之中。但尽管如此，不可能再有两个概念能比以下两个概念更具有本质上的不同，这就是我们赋予金属的概念和我们赋予以太的概念。当我们想到后者，我们会感到一种几乎不可抗拒的倾向要将其归类于精神，或是归类于虚无。制止我们这样做的唯一考虑就是我们关于其原子结构的概念。而即便在这里我们也不得不借助于我们对原子的概念，将其视为在无限小中具有密度、实感和重量的某种东西。一旦消除原子结构这个概念，我们就再也不可能视以太为一种实体，至少不能将其视为物质。由于没有更恰当的字眼，我们可以把它叫作精神。现在，从以太再往前走一步，设想一种比以太稀薄得多的物质，正如这种以太比金属稀薄得多一样，那我们（不管所有经院教条）马上就会得出一种独特的质量，一种无粒子物质。因为，尽管我们可以承认原子内部的无限之小，但原子之间空间的小之无限是一种谬论。那儿应该有个点，那儿应该有个稀疏的度。在这个度上，如果原子数量够多，它们之间的间隙就必然为零，其质量也就绝对凝聚。但因对原子结构的考虑此时已被排除，于是这种质量的性质便会不可避免地滑向我们所想象的精神。但显而易见，它同先前一样完全是物质。实际上不可能设想何为精神，因为不可能想象何不为精神。当我们满足于我们已形成了精神之概念，我们只不过是在用无限稀薄之物质这种想法欺骗我们的理解力。

坡：在我看来，绝对凝聚这个概念有一个不可逾越的障碍，那就是运行于太空的天体所受到的那种非常微弱的阻力，一种现在被认定的确以某种程度存在，但由于太微弱以至连牛顿的洞察力也完全将其忽略的阻力。我们知道物体的阻力主要与它们的密度成比例。绝对凝聚就是绝对密集。没有间隙就绝不会有可变性。比起具有硬石密度或铁之密度之以太，一种绝对密集的以太会更加无限有效地阻止天体的运行。

凡：回答你这个障碍问题的容易性与其表面上的不可回答性几乎成比例。关于天体之运行，是天体穿过以太还是以太穿过天体都不可能有什么差异。天文学上最不可理解的错误就是把已知的彗星减速和它们穿过一种以太的概念混为一谈，因为无论设想这种以太有多稀薄，它都会在一段大大短于那些天文学家所承认的时间内阻止所有的天体运行，而正是那些天文学家一直在竭力忽略一个他们感到不可理解的要点。从另一方面来看，实际上遭受的阻滞也许可以被认为是由于以太在瞬间内穿越天体造成的摩擦所致，在这种情况下，减速力是瞬间的，而且自身内部完整。在另一种情况下，它是不断积累的。

坡：但在这一切之中，在这种纯粹物质与上帝的同一化之中，难道就无不敬之嫌？（我不得不一再重复这个问题，直到被催眠者完全明白我的意思。）

凡：你能说出为什么物质应该不比精神更受崇敬的原因吗？不过你忽略了，就其极大的包容力而言，我所说的那种物质完全就是经院派所说的“心智”或“精神”，此外，它同时也是经院派所说的“物质”。具有归之于精神之全部力量的上帝，不过就是物质的尽善尽美。

坡：那么你是宣称，无粒子物质在运动中就是思想？

凡：一般说来，这种运动是万能精神之万能思想。这种思想会创造。被造之物不过是上帝的思想。

坡：你说“一般说来”。

凡：是的。万能精神是上帝。对于新个体，物质乃必需。

坡：可你现在说到“精神”和“物质”就像是形而上学家们所言。

凡：是的，为了避免混乱。当我说“精神”，我是指无粒子物质，或者说终极物质；说物质，我指别的一切。

坡：你刚才说“对于新个体，物质乃必需”。

凡：对，因为以非结合形式存在的精神只是上帝。为了创造有思想的个体生物，赋予其神圣精神之部分是必要的。于是人类被赋予了个性。脱去共同赋予，人便为上帝。所以，无粒子物质之被赋予部分的各自运动是人类的思想，正如其整体运动是上帝的思想。

坡：你是说脱去形体人将成为上帝？

凡：（沉吟良久之后）我不可能说过这话，这是个谬论。

坡：（查阅笔记）你是说“脱去共同赋予，人便为上帝”。

凡：此乃真话。人这样被脱形就会是上帝，就会被非个性化。但人绝不可能这样被脱形，绝不可能，不然我们就必须想象一种上帝收回赋予的行为，一种没有意义也没有价值的行为。人是一种造物。造物是上帝的思想，而不可改变是思想的属性。

坡：我不明白。你说人绝不会脱去形体？

凡：我是说人绝不会无形体。

坡：请解释。

凡：人有两种形体——雏形和成形，相当于幼虫和蝴蝶这两种状态。我们所谓的“死亡”不过是痛苦的变形。我们现在的形体是进化的、预备的、暂时的。我们未来的形体则是完善的、终极的、永恒的。终极之生乃完全的意志。

坡：可我们清楚地知道幼虫变形。

凡：我们，当然，但我们不是幼虫。构成我们雏形形体的物质在这种形体之器官的知识范围之内，或说得更清楚一点，我们的雏形形体适合构成雏形形体的物质，但不适合构成终极形体的物质。所以终极形体不为我们的雏形感官所知，我们只知道外形在腐烂中从内形脱落，但对那内形却一无所知，不过这内形和外形均被那些已获得终极之生者感知。

坡：你经常说催眠状态与死亡非常相似。这是怎么回事？

凡：我说它像死亡，意思是说它像终极之生，因为当我进入催眠，我雏形生命的感官便处于暂停状态，这时我不是用器官，而是凭一种我将在终极的、无器官的生命中使用的媒介直接感知外部事物。

坡：无器官的？

凡：对。器官这种装置使人感知到物质个别的种类和形态，同时排除其他的种类和形态。人的器官适合其雏形状态,仅此而已。人的终极状态由于没有器官，从而具有对万事万物无限的理解力，只有一点除外——上帝意志的性质。也就是说，无粒子物质的运动。如果你把终极形体设想为全是大脑，你也许会对其有个清晰的概念。它并非全是大脑，但这样一种概念可以让你更接近于理解它是什么。一个天体把光波振动传递给以太。这些振动在视网膜内引起类似的振动，这些类似的振动再把类似的振动传递给视神经。视神经把类似的振动传至大脑，大脑又把这种振动传递给弥漫于它的无粒子物质。后者的运动便是思想，思想最初的波动便是概念。这就是雏形生命的心智与外部世界沟通的模式，而由于器官之特性，这个外部世界对雏形生命是有限的。但在没器官的终极生命中，外部世界直达全身（如我刚才所言，终极生命的全身都是与大脑类似的物质），除了一种甚至比以太还要稀薄得多的以太，其间再没有任何媒质介入。整个身体伴随着这种以太振动，与其保持一致，使弥漫于全身的无粒子物质开始运动。所以，我们必须把终极生命那几乎无限的理解力归因于没有了特异的器官。对雏形生物来说，器官是在其变形之前对它们加以限制的必要囚笼。

坡：你说到“雏形生物”。除人类之外还有其他有思想的雏形生物吗?

凡：大量的稀薄物质团进入星云、行星、恒星和其他既不是星云、恒星，也不是行星的天体都只有一个目的，那就是为无数的雏形生物之器官特性提供营养。如果不是雏形生命在变为终极生命之前的需要，就不会有这样一些天体。每一个这样的天体都寄居着一种截然不同的有器官、有思想的雏形造物。总的说来，器官随着寄居地的特征而变化。在死亡或者说变形之后，这些造物享受终极之生（不朽），知晓除了这个秘密之外的全部秘密，凭纯粹的意志做任何事情，到任何地方。我们存在于其中的不是我们看来唯一可感知的天体，不是我们为了与之相适应而盲目地以为由空间创造的天体，而是那个空间本身，是其实质性的浩瀚像从天使的知觉中抹去无用之物一样吞噬掉星影的那个无限。

坡：你说“如果不是雏形生命的需要”就不会有星体。但为何有这种需要?

凡：在无机生命中，以及在一般无机物中，不存在任何障碍来阻止一种简单唯一的法则之实行——神圣意志。为了制造障碍，（复杂的、物质的、为法则所累的）有机生命和物体被创造。

坡：可是，为什么必须制造这种障碍？

凡：法则不受妨碍的结果就是完美，就是正确，就是相对幸福。法则受到妨碍的结果是不完美、错误、绝对痛苦。通过这些由有机生命和物质之法则的数、复杂性和实质性所提供的障碍，违反法则在某种程度上变得切实可行。这样，在无机生命中不可能有的痛苦在有机生命中就成为可能。

坡：但让痛苦成为可能有什么好处呢？

凡：比较而言，所有事物都有其好的一面和坏的一面。充分的分析可证明，欢乐在任何情况下都不过是痛苦的对照。绝对的欢乐是个纯粹的概念。要想任何程度上的欢乐我们都必须经受同样程度的痛苦。从不经受痛苦就永远不会得到幸福。但早已证明，痛苦不可能存在于无机生命之中，所以对有机生命痛苦必不可少。人世间初级生命所经受的痛苦，是天国终极生命极乐至福的唯一根基。

坡：你还有一个措词我觉得无法理解——无限之实质性的浩瀚。

凡：这也许是因为你对“实质”这个词本身尚缺

乏一般的概念。我们绝不可将其视为一种质，而必须把它看作一种情。在有思想的生物中，它就是物质与他们的机体相适应的知觉作用。地球上有许许多多的东西对金星居民来说则会是虚无，金星上有许多可视可触之物，我们则压根儿不会认识到它们的存在。但对于无机生物，对于天使，全部无粒子物质都是实质。也就是说，整个我们所说的“空间”，对他们来说都是最真实的实体。与此同时，天体由于被我们认为有形，从而不会被天使们感知，与此正好相称的是无粒子物质因为被我们认为无形，从而不被有机生物感知。

当那位被催眠者用一种微弱的音调说出最后这些话时，我注意到他脸上呈现出一种异常的表情，这多少令我感到惊恐，并驱使我马上将他唤醒。我一做出手势他脸上就露出一个灿然的微笑，随之向后倒在枕头上停止了呼吸。我发现还不到一分钟，他的尸体已僵硬得像一块石头。他的额头冷得像一块冰。在通常情况下，这种僵冷只有在被引魂天使之手抓住好久之后才会出现。那么，当那位被催眠者发表他后一部分论述之时，难道他真是在冥冥之域跟我说话？

凹凸山的故事

1827年秋天我曾住在弗吉尼亚州的夏洛茨维尔附近，在此期间我偶然结识了奥古斯塔斯·贝德尔奥耶先生。这位年轻绅士在各方面都引人注目，因而激起了我浓厚的兴趣和强烈的好奇心。我发现自己简直不可能领会他的话，不管他是论及精神上的问题还是谈到物质上的事情。说起他的家庭，我没能听到过令人满意的叙述。至于他从何而来，我从来都没有弄清楚。甚至关于他的年龄（尽管我称他为年轻的绅士），也有令我大惑不解的地方。他当然显得年轻，而他也总是刻意强调他年轻，可竟有那么些时候，我会很容易地想象他已经活了100岁。不过无论他哪一方面都比不上他的外貌更奇特。他异乎寻常地又高又瘦。他通常都是弯腰驼背。他的四肢特别长，而且瘦骨嶙峋。他的前额格外宽，而且很低。他的面容绝对没一丝血色。

他的嘴巴很大，而且灵活。虽说他的牙比我所见过的人的牙齿都更完好无疵，却极度地参差不齐。然而，他微笑时的表情却不像人们会意料的那样难看，只是那表情从来没有变化。那是一种深深的忧郁，一种莫可言状的绵绵哀愁。他的眼睛大得出奇，而且像猫眼一样圆。其瞳孔也恰如猫科动物的一样，能随着光线的明暗收缩或扩张。在激动之时，那双眼珠可亮到几乎不可思议的程度，仿佛正放射出熠熠光芒。那不是一种反光，而是像蜡烛或太阳一样自身发出的光芒。但在一般情况下，它们却呆滞而蒙眬，毫无生气，使人联想到一具早已埋葬的僵尸的眼睛。

这些外貌特征显然使他感到烦恼，他总是用一种半是解释半是道歉的语气不断婉转地提到它们。我第一次听到那种语气时觉得它令人讨厌。但我不久就慢慢习惯了那种语气，那种不愉快的感觉也渐渐消失。他似乎是有意要转弯抹角而不是直截了当地告诉我，他那副模样并非天生如此，而是长期以来阵发性的神经疼痛，使他从一个美男子变成了我所看见的这副模样。多年来他一直由一位名叫坦普尔顿的医生（一位大概 70 岁的老年绅士）陪伴。他第一次碰到坦普尔顿医生是在纽约州的萨拉托加。在那里逗留期间，他从他的关照中获得了或者说他自以为获得了很大的好处。

其结果是非常有钱的贝德尔奥耶和坦普尔顿医生达成了一个协议，根据此协议，作为对一笔慷慨大方的年薪的回报，医生答应把他的时间和医治经验全部用来照料这位病人。

坦普尔顿医生年轻时曾周游世界，而巴黎之行使他在很大程度上成了梅斯墨尔[1]那套催眠学说的信徒。他曾仅凭催眠疗法就成功地减缓了他这位病人的剧痛。这一成功非常自然地鼓舞了后者，使他多少相信了产生这种疗法的学说。然而医生就像所有的狂热者一样，竭尽全力要让他这名学生完全相信，最后他终于达到了目的，竟劝诱这位患者接受了无数次实验。无数次实验的反复进行终于产生了一种结果，这种结果在今天看来已不足为奇，以至很少引人注目或完全被人忽视。但在我所记录的那个年代，这种结果在美国还鲜为人知。我的意思是说，在坦普尔顿医生和贝德尔奥耶之间，渐渐产生了一种非常特殊而且极其明显的关系，或者说催眠关系。但时至今日我仍不能断言这种关系超越了纯粹的催眠作用之界限，不过其作用本身当时已达到了非常强烈的程度。在第一次施行磁性催眠的尝试之中，那位催眠师彻底失败。经过长期不懈

1 梅斯墨尔（F. A. Mesmer，1734—1815），奥地利医师，他首创的催眠治疗法曾风靡一时。

的努力，他终于在第 5 次或第 6 次尝试时获得了部分成功。只是到了第 12 次他才大获全胜。从此以后那位病人的意志便可在顷刻之间服从于他这位医生的意志。结果当我初次与他俩认识时，那病人几乎能在其医生产生催眠意志的同时安然入睡，甚至当他不知医生在何处时也是一样。只有在 1845 年的今天，在类似的奇迹每天都被无数人目睹的今天，我才敢于记录下这个显然不可能存在的确凿的事实。

贝德尔奥耶神经非常敏感，性情容易激动，而且极其热情奔放。他的想象力异常丰富，并很有创造性。这当然部分地是因为他习惯性地服用吗啡，若不大量吞服吗啡，他会觉得没法活下去。他的惯例是每天早餐之后马上就服用剂量很大的吗啡，准确地说是在一杯浓咖啡之后，因为他在中午之前不吃东西。然后他就独自出门，或是只由一条狗陪伴，长时间地在城外的山间漫步。那是绵延起伏于夏洛茨维尔西面和南面的一座座荒凉而沉寂的小山，被当地人夸张地称为凹凸山脉。

将近 11 月末，在美国人称为“印度之夏”的那段季节反常期间，在一个阴沉、温暖、雾蒙蒙的日子，贝德尔奥耶先生像往常一样去山间漫步。整整一天过去，他还没有回来。

晚上8点左右，我们为他的迟迟不归而感到惊恐，正要出发去山里寻找，他却突然出现在我们眼前，身上不少一根毫毛，而且显得比平时还精神。他对他那一天经历的讲述，那些使他在山里逗留的事件，的确是一个奇妙非凡的故事。

“你们应该记得，”他说，“我离开夏洛茨维尔是在上午9点。我径直朝山边走去，在10点左右进了一个我以前从未见过的峡谷。我兴致勃勃地穿行于那条弯弯曲曲的山路。谷间展示的景色虽说不上壮丽，但在我眼里却有一种说不出其精妙的荒凉之美。那种幽静似乎从未受到过玷污。我不禁认为我脚下绿色的草地和灰色的岩石在我之前从来没有经受过人的踩踏。那幽谷完全与世隔绝，事实上若不是一连串阴差阳错，连那深谷的入口都难以到达，所以我并非不可能是第一个探险者，第一个也是唯一一个进入其幽深之处的探险者。

“‘印度之夏’时节独有的那种浓雾，或者说云烟，当时正笼罩着山谷中的一切，这无疑加深了那一切给人留下的虚无缥缈的印象。那令人惬意的雾是那么的浓，以至我只能看清前面十几码远的地方。脚下的小径蜿蜒曲折，头顶上又见不到日光，所以我很快就完全迷失了方向。与此同时吗啡也开始发挥其通常的作用，使我以一种浓厚的兴趣去感受整个外部世界。一片树叶的颤抖、一株小草的颜色、一朵三瓣花的形状、一只蜜蜂的嗡鸣、一滴露珠的闪耀、一阵柔风的吹拂，以及森林散发出的淡淡的幽香，都启迪我想到天地间万事万物，引起我一种快活而斑驳、狂热而纷乱的绵绵遐思。

“沉醉于这番奇境遐思，我不知不觉朝前走了好几个小时，其间我周围的雾霭越来越浓，浓得我后来只能够摸索着前行。而就在这时，我突然感到一种难以形容的不安，一种神经质的踌躇和恐惧。我不敢再迈步，生怕我会跌入某个深渊。我还记起了关于凹凸山的那些古怪的传说，记起了传说中讲的那些居于林间洞中的可怕的野人。无数朦胧的幻觉使我压抑，使我仓皇，幻觉因为其朦胧更令人焦灼不安。忽然，我的注意力被一阵响亮的鼓声吸引。

“我那阵惊异当然是无以复加。这些山中从来不会出现鼓这种东西。我当时即便是听见大天使的喇叭声也不会有那么惊讶。可一件更让人吃惊并令人困惑的新鲜事又随之而来。一阵嘚嘚嗒嗒或叮叮当当的声音由远而近，仿佛是有人在晃动一串巨大的钥匙，接着一位面色黝黑的半裸男人尖叫着从我身边冲过。他离我非常近，以至我脸上都感到了他呼出的热气。他手里握着一件用许多钢环做成的器具，一边跑一边使劲地摇动。他刚一消失在前方的雾中，随后就蹿出一头巨兽，那巨兽张着大口，瞪着眼睛，喘着粗气朝那人追去。我不可能看错那头巨兽。它是一条鬣狗。

“看见这家伙非但没有增加我的恐惧，反而消除了我的不安，因为现在我确信我只是在做梦，于是便努力要使自己清醒过来。我大胆地朝前迈出轻快的步伐。我揉我的眼睛。我高声喊叫。我捏我的四肢。小小的一泓清泉进入我的视野，我在泉边弯下腰洗手、洗头和脖子。这一洗仿佛洗掉了一直令我不安的那种莫可名状的感觉。当我重新直起腰时，我认为我完全变了一个人。我迈着平稳的步子，悠然自得地继续走那条我不认识的路。

“最后，由于精疲力竭，也由于空气闷热得令人窒息，我坐到了一棵树下。不一会儿天空透出曚昽的日光，那棵树树叶的影子淡淡地却清晰地映在草地上。我疑惑地把那影子凝视了好几分钟。它的形状惊得我目瞪口呆。我抬头一看，那是棵棕榈树。

“这下我匆匆站起身来，感到一阵恐惧不安，因为我不能再以为自己是在做梦。我发现我完全支配着自己的感官，而这些感官此时为我的灵魂带来了一种新奇而异样的感觉。天气一下子热得不堪忍受。风中飘来一种陌生的气味。一种低沉而持续的潺潺水声，就像一条水量充沛但流动缓慢的河流的声音，交织着由许多人发出的奇异的嘈杂之声，一并传入我的耳朵。

“当我在一种我无须描述的极度惊讶中倾听之时，一阵猛烈而短促的风突然吹散了浓雾，仿佛是一位巫士挥舞了一下魔杖。

“我发现自己在一座高山脚下，正俯瞰着前方一片宽阔的平原，一条壮观的大河蜿蜒于平原之上。大河的岸边坐落着一座具有东方情调的城市，就像我们在《天方夜谭》中读到的那种，但比书中所描绘的更具特色。我所处的位置远远高于那座城市，所以我能看到城里的每一个角落，它们就像是画在地图上一样。街道看上去不可悉数，纵横交错，但与其说是街道，不如说是又长又弯的小巷。那些小巷里全都挤满了人群。城里的房子颇具诗情画意。四面八方都是数不清的阳台、游廊、尖塔、神龛和雕刻得非常奇妙的凸肚窗。集市比比皆是，出售的货物品种繁多，琳琅满目——丝绸、薄纱、最耀眼的刀剑、最华丽的珠宝。此外可见到处都有旗幡和轿子，有抬着蒙面纱的端庄妇人的肩舆，有被打扮得光彩夺目的大象，有被雕刻得奇形怪状的偶像，有皮鼓，有旌旗，有铜锣，有长矛，还有镀银和镀金的钉头锤。而在人群之中，在喧嚣之中，在全城的纷乱挤轧之中，在熙来攘往的包着头巾、裹着长袍、须髯飘垂的黑皮肤和黄皮肤的人流之中，穿行着数不清的披着饰带的圣牛，而大群大群虽说肮脏却不可侵犯的圣猴则在神庙寺院的房檐周围攀缘啼叫，或是攀附于尖塔和凸肚窗。从拥挤的街道到那条河的岸边，有不计其数的一段段向下延伸的石阶，直通到一个个沐浴之处，而那条河本身倒像是费劲地从载满货物的船队中挤过，帆樯如林的船只遮盖了整个河面。城外四周有大片大片的棕榈树和椰子树，其中间杂着其他巨大的古树，随处可见分散的一块稻田、一间农民的茅屋、一方水池、一座隐寺、一个吉卜赛人营地，或是一位美丽的少女独自一人头顶水罐走向那条大河的岸边。

“当然，你们现在会说我是在做梦，但事实并非如此。我的所见所闻所感所思都不具有我绝不会弄错的梦的特征。一切都那么首尾相连，前后一致。开始我也怀疑自己是否真正醒着，于是我进行了一系列试验，结果很快就使我确信我的确神志清醒。当一个人在梦中怀疑自己在做梦之时，他的怀疑绝不会得不到证实，而做梦者几乎往往是马上醒来。所以诺瓦利斯[1]说得不

1 诺瓦利斯（Novalis，1772—1801），真名冯·哈登贝格（Friedrich Leopold von Hardenberg），德国早期浪漫派诗人及散文家，力图把哲学、科学和诗歌结合起来，用隐喻解释世界。

错，‘当我们梦见自己做梦时，我们正接近清醒。’假若这番景象如我所描述的那样出现在我的脑际而被我怀疑为一种梦境，那它说不定真是一场大梦。但是，既然它像它出现的那样出现，既然它像它被怀疑和试验的那样经受了怀疑和试验，那我现在就不得不把它归入另一类现象。”

“关于这点，我不能确定地说你错了，”坦普尔顿医生说，“但请接着往下讲。你站起身并朝下边那座城市走去。”

“我站起身，”贝德尔奥耶继续道，一边用一种非常惊讶的神情打量医生，“我站起身，正如你刚才所说，并朝下边那座城市走去。路上我汇入了一股巨大的人流，无数的平民从条条道路拥向同一个方向，一个个都显得慷慨激昂。突然之间，被一阵不可思议的冲动所驱使，我对身边正在发生的事产生了强烈的兴趣。我仿佛觉得自己有一个重要角色要扮演，可又不清楚那到底是个什么角色。然而，我体验到了一种深切的仇恨之情，对围在我身边的人群怀有了仇恨。我从他们中退出，飞快地绕路到了城边并进入了那座城市。全城都处在骚乱与战斗之中。一小队半是印度装束半是欧式装束的男人由一名身着部分英军装束的绅士指挥，正以寡敌众地与潮水般的街头暴民交战。我加入了力量弱的一方，用一名倒下的军官的武器疯狂地与我不认识的敌人进行战斗。我们很快就寡不敌众，被迫退守进一座东方式凉亭。我们在那儿顽强抵抗，一时半会儿还不会有危险。从靠近凉亭顶端的一个窗孔，我看见一大群愤怒的人正在围攻一座突出于河面之上的华丽宫殿。不一会儿，一个看上去很柔弱的人出现在宫殿上层的一个窗口，凭着一根用他的侍从们的头巾连接而成的长绳，他从那个窗口吊了下来。下边有一条船，他乘那条船逃到了河对岸。

“这时一个新的目的占据了我的心灵。我急促而有力地对我的同伴们说了几句话，在争取到他们中少许人的支持之后，一场疯狂的突围开始了。我们从凉亭冲入包围我们的人群中。开始他们在我们面前节节败退。接着他们重振旗鼓疯狂反扑，然后又重新向后退缩。左冲右突之间，我们已远远离开了那座凉亭，被赶进了那些狭窄弯曲、两旁房屋鳞次栉比、幽深处从来不见阳光的迷津般的街道。暴民们疯狂向我们扑来，用长矛不断袭击我们，用一阵阵乱箭压得我们抬不起头。这些箭矢非常奇特，形状就像马来人的波刃短剑。它们是模仿毒蛇窜行时的身形而造成，箭杆细长乌黑，箭镞有浸过毒的倒钩。这样的一支箭射中了我的右太阳穴。我摇晃了一下倒在地上，顿时感到极度的恶心。

我挣扎，我喘息，我死去。”

这时，我微笑着说：“现在你简直不能再坚持说你那番奇遇不是一场梦。你还不至于硬要说你现在是死人吧？”

说完这番话，我当然以为贝德尔奥耶会说句什么俏皮话来作为回答，但令我吃惊的是，他竟然变得狐疑不决，浑身哆嗦，面如死灰，而且一言不发。我朝坦普尔顿看去，只见他端端正正坐在椅子上，牙齿在打战，眼睛几乎要瞪出眼窝。“接着往下讲！”他最后用沙哑的声音对贝德尔奥耶说。

“有好几分钟，”贝德尔奥耶继续道，“我唯一的感情，我唯一的感觉，就是黑暗和虚无，伴随着死亡的意识。最后，似乎有一种突然而猛烈的震荡穿过我的灵魂，仿佛是电击。随之而来的是一种轻灵的感觉。后一点我是感觉到，而不是看到。我好像是一下从地面升起。但我没有肉体，也没有视觉、听觉和触觉。人群已经散离。骚乱已经平息。那座城市此刻相当安静。我的下方躺着我的尸体，太阳穴上还插着那支箭，整个头部已肿胀变形。但这一切我都是感觉到，而不是看到。我对一切都不感兴趣。甚至那具尸体也显得与我无关。我没有意志，但好像是被推入了运动。我轻快地飘出了那座城市，折回我曾走过的那条弯弯曲曲的小路。当我到达我曾在那儿遇见鬣狗的那个地点时，我又一次感到一阵电击般的震荡，重感、意志感和实体感顿时恢复。我又成了原来的自己，并匆匆踏上回家的路，但那番经历并没有失去它真实鲜明的色彩。而现在，哪怕只是暂时的一分一秒，我也没法强迫我的判断力把它认为是一场梦。”

“它也不是一场梦，”这时坦普尔顿一本正经地说，“不过此外又很难说该如何为它命名。让我们只是这样来推测，当今人类之灵魂已非常接近于某种惊人的精神发现。暂时就让我们满足于这一推测。至于别的我倒有一个解释。这儿有一幅水彩画，我本来早就应该让你们看，但有一种莫名其妙的恐惧感阻止我那样做。”

我们看了他递过来的画。我看那幅画并没有任何特别之处，可它对贝德尔奥耶产生的影响却令人吃惊。看见那幅画时他差点儿昏过去。然而那只是一幅微型画像，诚然画中人的相貌特征与他酷肖绝似。至少我看画时是这样认为的。

“你们可以看到，”坦普尔顿说，“这幅画的年代，在这儿，几乎看不见，在这个角上，1780 年。这张画像就是在那一年画的。它是我死去的朋友奥尔德贝先生的肖像。在沃伦·黑斯廷斯任孟加拉总督时期，我和奥尔德贝在加尔各答，我俩曾经情同手足。当时我才20岁。贝德尔奥耶先生，我在萨拉托加初次见到你时，正是你和这幅肖像之间那种酷肖绝似诱使我同你搭话，和你交朋友，并促成了最终使我成为你永久伙伴的那些协议安排。我这样做部分是，也许该说主要是出于一种对亡友的惋惜和怀念，但部分也是出于一种担心，一种并非完全不带恐惧的对你的好奇。

“在你对在山里所看到的那番景象的详述中，你已经非常精确地描绘了印度圣河岸边的贝拿勒斯城[1]。那些暴动、战斗和杀戮均是发生于1780年的蔡特·辛格叛乱中的真实事件，当时黑斯廷斯经历了他一生中最危险的时期。那个用头巾接成绳子逃走的人，就是贝拿勒斯帮主蔡特·辛格本人。凉亭里的那些人就是黑斯廷斯所率领的一队印度兵和英国军官。我便是其中一员，当时我尽了一切努力要阻止那名军官冒险突围，最后他在混乱的巷战中被一个孟加拉人的毒箭射死。那名军官就是我最亲密的朋友。他就是奥尔德贝。你看看这些手稿就会发现，”说到这儿他拿出一个笔记本，其中有几页显然是刚刚才写上字，“当你在山中想象这些事情之时，我正在家里把它们详细地记录在纸上。”

大约在这次谈话一星期之后，夏洛茨维尔的一家

1　今称瓦拉纳西，著名的印度教圣地。

报纸发表了以下短讯：

我们有义务沉痛地宣告奥古斯塔斯·贝德尔奥先生与世长辞，他是一名仁慈厚道的绅士，他因其许多美德而早已赢得了夏洛茨维尔市民们的敬爱。

贝先生多年来一直患有神经痛，此病曾多次对他的生命构成威胁，但这只能被视为他死去的间接原因。导致他死亡的直接原因格外异常。在几天前去凹凸山的一次远足中，贝先生偶染风寒引起发烧，并伴随有严重的脑充血。为治疗此症，坦普尔顿医生采取了用水蛭局部吸血的方法。水蛭被置于两边太阳穴。在可怕的片刻之间病人死去，原因似乎是盛水蛭的罐中意外地混入了一条偶尔可见于附近池塘的毒蚂蟥。这条毒蚂蟥紧紧地吸住了患者右太阳穴的一条小血管。毒蚂蟥与治疗用的水蛭极其相似，由此造成了这一不可弥补的疏忽。

注意：夏洛茨维尔的毒蚂蟥通常可据其色黑而区别于治疗用的水蛭，尤其可根据它与蛇酷似的扭曲或蠕动。

同该报撰稿人谈起这一惊人的意外事故时，我突然想到问他报上把死者的姓写成贝德尔奥是怎么回事。

我说："我相信你这样拼写肯定有你的根据，不过我一直认为写这个姓末尾还有个'耶'字。"

"有根据？不，"他回答说，"那仅仅是一个印刷错误。这个姓全世界都写作贝德尔奥耶，我这辈子还不知道有别的拼法。"

"那么，"我转身时不由得喃喃自语道，"那么，难道出现了一个比虚构还奇妙的故事，因为去掉了'耶'字，'贝德尔奥'倒过来读不正好是'奥尔德贝'？而那个人告诉我这是个印刷错误。"

瓦尔德马先生病例之真相

瓦尔德马先生之异常病例已引起人们纷纷议论，我当然不会假装认为这是什么奇怪的事。要是它没引起议论，尤其是在这种情况下，那倒真是一个奇迹。由于有关各方都希望此事对公众保密，至少暂时不公开，直到我们有机会进行进一步的调查研究，所以我们尽可能保密。但保密的结果导致了一个被歪曲或夸张的故事在社会上传开，导致了许多令人不快的以讹传讹，自然也招来了许许多多的怀疑。

现在我有必要说出事情的真相，根据我自己对真相的了解。简而言之，事实如下：

在过去的三年间，我的注意力一再被催眠术这门学科吸引。而大约九个月前，我非常突然地想到，在已经进行过的一系列实验当中，存在着一个非常惊人而且令人不解的疏忽，即到当时为止，尚未对任何处于弥留状态的人进行过催眠。尚待弄清的问题有三：其一，在弥留之际，病人是否对催眠影响还有感应；其二，如果有感应，这种感应是否会因弥留状态而减弱或加强；其三，到何等程度，或者说在多长时间内，催眠过程可阻止死亡的侵害。另外还有一些问题需要查明，但上述三点最令我感到好奇，特别是最后一点，因为其结果之重要性不可估量。

在寻找一位可供我进行这项实验的被实验者时，我想到了我的朋友埃内斯特·瓦尔德马先生。瓦尔德马先生是《图书馆论坛》的著名编纂者，是《华伦斯坦》和《巨人传》之波兰文版的译者（所用笔名为伊萨卡·马克思）。自 1839 年以来，他主要居住在纽约市的哈莱姆区，以（或者说曾以）身材之极度瘦小而惹人注目。他的下肢与约翰·伦道夫[1]那两条腿非常相似，而且，他那白花花的连鬓胡与他的一头黑发形成强烈的对照，结果使后者往往被人误认为是假发。他的神经明显过敏，这使他成了接受催眠实验的极好对象。曾有两三次，我很容易地就使他进入了催眠状态，但他的特殊体质使我必然要预期的其他结果却令我失望。他的意志在任何时候都不曾明确地（或者说完全）受我支配，至

1 约翰·伦道夫（John Randolph，1773—1833），美国政治家，终生体弱多病。

于催眠所诱发的超凡洞察力，我未能从他身上看到任何可靠的迹象。我一直把我在这些方面的失败归因于他健康状况的失调。在我与他相识的几个月之前，他的医生就宣布了他已处于肺结核晚期。实际上，他早就习惯了平静地谈起他即将来临的死亡，就像谈起一件既不可避免又不必遗憾的事。

当上文所提及的那些念头钻进我脑海之时，我当然是非常自然地就想到了瓦尔德马先生。我深知此人泰然达观，所以不必担心他有什么顾虑。而且他在美国没有亲戚，因此不可能有人会从中作梗。我坦率地对他谈起了这个话题，使我惊奇的是，他似乎表现出了强烈的兴趣。我说这使我惊奇，因为，尽管他容许我用他的身体任意做实验，但他从前不曾对我所做的事表示过赞同。他那种病的性质，使医生能精确地预测他死亡的日期，最后我俩达成协议，他应该在他的医生宣布的那个时辰到来之前，提前 24 时派人给我送信。

我收到瓦尔德马先生的这张亲笔字条，现在算来已是七个多月前的事了。字条内容如下：

我亲爱的 P：

你最好现在就来。D 和 F 都一致认为我挺不过明晚半夜，我想他们所说的时间非常准确。

瓦尔德马

那张字条写好半小时后就被我收到，而15分钟后，我已经进了那位临终者的卧室。我上次见到他是在10天之前，而他在短短10天里所发生的可怕变化真让我大吃一惊。他面如死灰，两眼无光，脸上消瘦得仿佛颧骨已刺破皮肤。他不住地咯血。他的脉搏已几乎感觉不出。但他在一种惊人的程度上保持着清醒的神志和一定的体力。他说话清清楚楚，并不时在无须人帮忙的情况下服用缓和剂。我进屋时他正忙着在一个笔记本上写下备忘录。他的上半身被枕头支垫着。D医生和F医生在他床边。

同瓦尔德马握过手后，我把那两位绅士领到一边，从他们那儿获得了病人的详细情况。病人的左肺18个月来一直处于半硬化或骨化的状态，当然早已完全失去生理功能。右肺之上半区如果不是完全也是部分硬化，下半区也仅仅是一团相互蔓延的脓性结核节。有几处大面积穿孔存在，有一处出现与肋骨的永久性粘连。右肺叶的病变相对来说发生较晚。其硬化过程异常迅猛，在一个月前都还没发现任何硬化迹象，而粘连的情况仅仅是在三天以前才被注意到。除了肺结核之外，病人还被怀疑患有动脉瘤，但在这一点上，上述硬化症状使医生不可能确诊。两位医生一致认为，瓦尔德马先生的死亡时间大约在第二天（星期日）半夜。当时的时间是星期六晚上7点。

在离开病人床边来与我交谈之时，D医生和F医生已双双向他道了永别。他俩已无意再见到病人，但在我的请求下，他们同意第二天晚上10点左右顺便来看看。

他俩走后，我坦率地同瓦尔德马先生谈起了他即将来临的死亡，尤其是谈到了计划中的那个实验。他仍然声明他非常乐意甚至十分急切地想接受这一实验，并催促我马上开始。当时在场的只有一名男护士和一名女护士，可我觉得若无比他俩更可靠的证人在场，不便随意开始一项这种性质的实验，以免万一发生的意外缺乏证明，所以我把实验一直推延到了第二天晚上8点左右，当时来了一名我多少认识的医学院学生（西奥多先生），把我从进一步的尴尬中解救了出来。我原本打算等着那两位医生，但有两个原因诱使我立即着手，一是瓦尔德马先生的催促请求，二是我确信我再也不能耽搁，因为病人明显已濒临死亡。

西奥多先生欣然同意按我的要求如实记下实验中所发生的全部情况，而我现在不得不公之于众的事实正是根据他的记录，其中大部分要么是简述，要么是逐字照抄。

7点55分，我握着病人的手，请他尽可能清楚地向西奥多先生声明，他（瓦尔德马先生）是否完全愿意在他当时的状态下，让我对他进行催眠实验。

他的回答很微弱，但相当清楚："是的，我希望被催眠。"随即他又补充道，"我担心你已经拖延得太久了。"

当他说这句话时，我开始了我早就已经发现对他最有效的几个手势动作。我的侧掌第一次拂过他的前额，他就明显地受到了影响。尽管我接着发挥出了我所有的影响力，可直到10点钟两名医生按约到来之后，仍不见有任何进一步的效果。我简单地向D医生和F医生说明了我的意图，由于他俩并不反对，并说病人已处于弥留状态，于是我毫不犹豫地继续实验。这一次，我将侧掌手势变为下压手势，并把我的目光完全集中于患者的右眼。

这时，他的脉搏已感觉不到，他带着鼾声的呼吸每30秒进行一次。

这种状况差不多保持了15分钟。在这之后，一声虽然很低沉但仍属于正常的叹气从临终者的胸腔发出，带鼾声的呼吸随之而停止，也就是说，鼾声不再明显，但呼吸的间歇没有减少。病人的四肢变得冰凉。

10点55分，我看出了催眠影响的明显迹象。那双没有光泽的眼睛的滚动，变成了那种不安的内省表情，这种表情只有在催眠状态下才能见到，而且完全不可能弄错。我用几个急速的侧掌手势使他的眼皮轻微眨动，就像刚入睡者眼皮眨动一样，接着又用几个手势使它们完全合拢。但我并没有满足于此，而是继续运用强有力的手法，让意志得以最充分地发挥，直到我使被催眠者的四肢完全僵硬。而在此之前，它们已被摆成一种看上去很自在的姿势。两条腿完全伸直，两臂几乎同样也平直地瘫在床上，离腰有一段适中的距离。头被稍稍抬高。

待我完成这些时，时间已到半夜，于是我请求医生们检查瓦尔德马先生的情况。在进行几项测试之后，他们承认病人处于一种完全的催眠状态。两名医生的好奇心被极大地唤起。D医生当即决定留下来通宵陪伴病人，而F医生离开时约定天亮时再来。西奥多先生和两名护士依然留下。

我们离开瓦尔德马先生，让他完全安静，直到凌晨3点我才又返回他身边，发现他的情况同F医生离去时一模一样，也就是说，他以同样的姿势躺着，脉搏感觉不到，呼吸非常轻微（除非把镜片凑近他的嘴边才能察觉），他的两眼自然闭合，四肢像大理石一般又硬又凉。但是，他的整个外貌看上去的确不是一副死相。

我来到瓦尔德马先生身边之后，半带尝试性地对他施加了一种影响，想让他的右臂随着我的手臂一起运动，于是我伸出右臂在他身体上方来回拂过。我以前对他进行这种实验从未取得过圆满的成功，而这一次我肯定也不抱多大希望。可令我惊讶的是，他的手臂虽然无力，却毫不勉强地跟随着我指示的每一个方向。于是，我决定碰碰运气跟他来一段简短对话。

“瓦尔德马先生，”我问，“你睡着了吗？”他没有回答，但我发现他的嘴唇微微动了一下，这促使我继续重复那个问题。当我重复第三遍时，他的身体发出了一阵非常轻微的颤抖，眼皮微微张开，露出一线眼白，嘴唇缓慢启动，从中发出一串勉强能听清的嘟囔：“是的，现在睡着了。别唤醒我。让我这样死吧！”

这时我摸了摸他的四肢，发现和刚才一样僵硬。他的右臂也像先前一样随着我的手指示的方向摆动。于是，我又问道：“瓦尔德马先生，你还感到胸口痛吗？”

这一次回答很及时，但比刚才更难听清：“不痛。我要死了。”

我认为当时再继续打扰他并非明智之举，所以在

F医生到来之前没有再说什么或再做什么。F医生是在日出前一会儿到的。发现病人还活着，他显出了极度的惊讶。他摸过脉并用镜子在病人嘴边试过呼吸，要求我再对被催眠者说话。于是，我问道："瓦尔德马先生，你还在睡吗？"

像先前一样，在听到回答之前过了好几分钟。在这几分钟内，那位临终者似乎在聚集说话的力量。当我第四遍重复这个问题时，他用非常微弱，几乎听不见的声音回答道："是的，还在睡。在死。"

这时两名大夫都认为，更正确地说是都希望，应该允许瓦尔德马先生不受打扰地保持他当时那种明显的平静状态，直到他在平静中死去。而且大家都认为，他肯定会在几分钟内死去。我仍然决定再对他说一次话，而且只重复我先前的问题。

当我说话时，被催眠者的表情发生了明显的变化。他的眼睛滚动着慢慢睁开，瞳孔上翻渐渐消失，全身皮肤呈现尸体的颜色，看上去与其说像羊皮纸不如说像张白纸，两边脸颊中央原来一直清晰可见的圆形红斑骤然熄灭。我用熄灭这个词，因为它们消失之突然，让我联想到了蜡烛被一口气吹灭。与此同时，原来完全合拢的上唇扭缩并露出牙齿，下颌则随着一下清楚地痉挛而下坠，使嘴大张开，一览无余地露出发肿发黑的舌头。我敢说，当时在场的每一个人都早已习惯了见到临终之恐怖，但瓦尔德马先生临终表情之可怕超过了人们的想象，以至于大家仍从病床边朝后退缩。

我觉得，我现在就要讲到这番陈述的一个要点，这一点将使每一位读者惊得难以置信。不过，我的责任只是陈述事实。

瓦尔德马先生身上再也看不到一丝一毫生命的迹象。确定他已经死去，我们正要把他交给护士们去料理，这时突然注意到他的舌头猛烈颤动了一阵。颤动大约持续了一分钟。在此之后，从肿胀而且没动的口里发出了一个嗓音，一种我只有发疯才会试图去形容的声音。实际上，只有两三个形容词可以被认为能部分适用于那种声音。譬如我可以说，那是一种粗糙、破哑、空洞的声音，但那声音整体上的可怖则无法言传，原因很简单，因为人类的耳朵以前从不曾听到过任何类似的声音。但公正地说，我当时认为，现在也认为，那声音中有两个特点可以被宣布为具有语调的特征，并且适合传达某种具有超自然特性的概念。首先，在我们的耳朵听来，至少在我的耳朵听来，那个声音似乎来自一个非常遥远的地方，或来自地下的某个深洞。其次，它给我极深的印象（恐怕我永远都不可能让自己明白是怎么回事），它像胶状的或胶质的东西影响触觉。

我既说是“声音”，又说是“嗓音”。我的意思是说，那个声音可以明显地（甚至明显得令人不可思议，使人毛骨悚然）区分出音节。瓦尔德马先生是在说话，显然是在回答我几分钟前问他的那个问题。大家应该记得我曾问过他是否还在睡。他现在说：“是的。不，我曾一直在睡。可现在，现在，我已经死了。”

当时在场的甚至没有一人倾向于否认（或试图抑制）那种令人毛骨悚然的恐怖，那种被如此说出并被准确猜出的这段话所传达的形容不出的恐怖。西奥多先生（那名医科学生）当场晕倒。护士们马上逃出了那间卧室，而且劝也劝不回来。我不会自称能让读者了解我自己当时的感觉。我们将近有一小时谁也没说话，只顾着努力抢救西奥多先生。待他苏醒之后，我们又开始观察瓦尔德马先生的情况。

情况与我前边的最后一次描述完全相同，唯一的例外是用镜子也不能再证明他在呼吸。从手臂抽血的一次尝试也归于失败。我还应该提到，那条右臂也不再服从我的意志。我努力想使它继续跟随我的手指示的方向，但结果徒然。事实上，唯一真正的受催眠影响的迹象现在只剩下一种，那就是每当我向他提一个问题，就会发现他的舌头颤动。他仿佛是在努力要做答，但已不再有足够的意志。对于除我之外的其他人所提出的问题，他似乎完全没有感觉，尽管我力图要让在场的其他人能与他有催眠交灵感应。我相信，我现在已经讲出了要了解那名被催眠者当时的状态所必需的全部情况。另外的护士被请来，上午10点，我和两名大夫以及西奥多先生一道离开了那幢房子。

下午，我们又都去看望那名病人。他的情况依然如故。当时我们讨论了一下如果把他唤醒是否妥当，是否可行，但我们很容易就形成了一致的看法，那样做不会有什么好的结果。显而易见，到当时为止，死亡（或者说通常称为的死亡）已被催眠过程抑制。在我们看来非常清楚，唤醒瓦尔德马先生只能保证他瞬间复活，或者说至少会加速他的死亡。

从那时起直到上个周末，其间将近过了七个月，我们每天都上瓦尔德马先生家探望，有时还带着医学界的朋友和其他朋友。在此期间，病人一丝不差地保持着我最后一次所描述的状态。护士的照料仍在继续。

上个星期五，我们终于决定进行唤醒病人的实验，或者说试图把他唤醒。而正是这次实验之（也许）不幸的结果，在知情圈内引起了那么多的议论，从而唤起了那么多我不得不认为是不必要的公众感情。

为了把瓦尔德马先生从催眠状态中唤醒，我使用了以前习惯用的手势。这些手势一开始并不奏效。第一个苏醒的迹象是由瞳孔的下翻所显露的。大家注意到（因为非常值得注意），随着瞳孔下翻，从眼皮下大量地流出一种刺鼻难闻的黄色脓液。

这时，有人建议我应该照以前那样尝试着诱导病人的手臂。我进行了尝试，但失败了。于是，F 医生表示他希望我提出一个问题。

我提出问题如下："瓦尔德马先生，能告诉我们你现在的感觉和希望吗？"

他脸颊上突然重新呈现出那两团圆形红斑，舌头开始颤动，更准确地说，是在嘴里激烈翻滚（尽管上下颌与上下唇仍然如前所述那样僵硬）。最后，我已经描述过的那种可怕的声音突然冒出：

"看在上帝的分上！快！快让我安睡。不然，快！快唤醒我。快！我告诉你我死了！"

我完全失去了镇静，一时间竟不知如何是好。开始我尽力想让病人恢复安静，但因他意志完全终止而归与失败，于是我回过头来拼命要把他唤醒。我很快就看出我的这一尝试可能会成功，或至少说，我很快就以为我的成功大概会实现。而且我敢肯定，当时房间里的所有人都正准备着看到病人醒来。

然而，对随后真正发生的事，任何人都不可能有任何思想准备。

就在我迅速地变换着手势动作之时，在一阵绝对出自病人舌端而不是出自嘴唇的“死！死！”呼叫声中，他的整个身躯一下子（在一分钟甚至更短的时间内），在我的手掌下方皱缩，腐朽，完全烂掉。在众目睽睽之下，床上只留下一摊令人恶心、令人厌恶的腐液。

莫诺斯与尤拉的对话

这些是未来之事。

——索福克勒斯《安提戈涅》

尤拉：“再生？”

莫诺斯：是的，最美丽最可爱的尤拉，“再生”。这就是我因为不相信教士们的解释而长期冥思苦想其神秘含义的那两个字，直到死亡本身替我揭示了这个秘密。

尤拉：死亡！

莫诺斯：亲爱的尤拉，你重复我话的声音多么奇怪！我还注意到你的步子晃了一下，你的眼睛里有一种快活的不安。可能是永生庄严的新奇感使你感到迷惑，感到压抑。是的，我正是说死亡。而这个从前常常为所有的心灵带去恐怖，为所有的欢乐投下霉菌的字眼，在这里听起来多么奇怪！

尤拉：哦，死亡，那个曾无处不在的幽灵！莫诺斯，我们过去是多么经常地沉湎于推测它的本质！它终止人们的欢乐时行踪是多么诡秘，总是突然说一声“到此为止吧，别再向前！”。那曾燃烧于我们胸中的真挚的相爱，我亲爱的莫诺斯，当我们因它的萌发而感到幸福之时，我们是多么自以为是，以为我们的幸福会因为爱的力量而加强！唉！随着爱的增长，我们心中的恐惧也在增长，我们惧怕那不祥的时刻正匆匆赶来把我们永远分开！这样，爱迟早会变得痛苦。因此恨说不定倒真是幸运。

莫诺斯：别再说这些伤心事，亲爱的尤拉，你现在永远是我的了，我的！

尤拉：但回忆过去的忧伤，难道不是现在的快乐？我还有好多好多的话要对你讲。可最重要的是我迫不及待地想知道你自己穿行那黑沉沉的死荫幽谷[1]时的详细经过。

莫诺斯：什么时候美丽的尤拉向她的莫诺斯提出的要求没有得到过满足？我会详详细细地讲述一切。但这番离奇的叙述应该从哪一点上开始呢？

尤拉：从哪一点上？

莫诺斯：你已经说过了。

尤拉：我懂了，莫诺斯。通过死亡我俩都认识到

1　参见《旧约·诗篇》第23篇第4节：“虽然我穿行于死荫之幽谷，但我不怕罹祸，因为你与我同在，你会用牧杖引我，用权杖护我。”

了人类爱给难以下定义的事物下定义的癖好。那我不说从生命终止的那个时刻开始，而说从那个悲伤的时刻开始，就是当那场热病把你抛弃，你陷入一种屏息且静止的麻痹，而我用充满爱的手指替你合上眼皮的那个时刻。

莫诺斯：亲爱的尤拉，我先说一个词，一个关于这个时代人类概况的词。想必你还记得我们的先辈中有一两位聪明人（虽非举世公认却名副其实的聪明人），他们曾勇敢地质疑用于人类文明进步的“改进”一词的贴切性。在我们消亡之前，每五六百年都会有那么几个周期，其间会出现某位强有力的智者，大胆地坚持那些正确原则，那些用我们今天已被剥夺其权力的理性来看其正确性是如此明显的原则，那些本该教会人类别试图去控制自然规律而要服从其引导的原则。相隔更长的时间则会出现某位才智非凡者，把实用科学的每一进展都视为人类真正幸福的一次倒退。偶然也出现诗人智者，那种我们现在公认的最高尚的智者，因为那些对我们永远都具有重要性的真理只有凭借用诗的语言说出的比拟才能被我们的想象力所接受，才不会给我们独立的理性带来负担。这种诗人智者偶尔也的确多走一步去推导出那个模糊的哲学概念，并在那则讲智慧树及其禁果产生出死亡的神秘寓言中发现一个清楚的暗示：知识并不适合其灵魂尚幼稚的人类。而这些人，这些诗人，生前死后都遭到那些自我标榜为“实用主义者”的空谈家粗暴的奚落，而那些空谈家自封的称号本来只有给予被奚落者才名副其实，这些人，这些诗人，苦苦地但并非不明智地向往过去，向往我们那些享受不多、欲望也少的日子，那时候享乐是个不为人知的字眼，更为低调而庄重的那个字眼是幸福。在那些庄严神圣且无忧无虑的日子里，未被筑坝的蓝色河流穿过未被砍劈的青山，流进远方未被勘测过的幽静而清馨的原始森林。

然而，这些要防止普遍骚乱的高尚异议反而加强了普遍骚乱。唉！我们遇上了所有不幸时代中最不幸的时代。伟大的“运动”（这是个时髦字眼）继续进行，那是一场精神和肉体上的病态骚动。技术（各种技艺）变得至高无上，而它们一旦占据高位便反过来禁锢把它们推上高位的智者。由于人类不得不承认自然的权威，所以一旦获得并不断加强对自然资源的支配权时，他便像孩子一般欣喜若狂。可正当他悄悄走近他想象中的上帝时，一种早期低能症向他袭来。恰如从他骚动之根源就可以预料的那样，他慢慢染上了“系统病”和“抽象症”。他把自己包裹在模糊的概念之中。除其他古怪的念头外，人人平等之念头风靡一时。不顾类比，不顾上帝，不顾在人世与天堂之万物中都那么明显普及的等级法则的大声警告，企图实现一种全球民主的疯狂计划被逐一制订。但这个不幸肯定产生于那个主要不幸，即产生于知识。因为人不可能既知晓又服从。与此同时，冒着浓烟的大城市成千上万地出现。绿叶在高炉的热浪前瑟瑟退缩。大自然美丽的容颜遭到毁伤，就像遭受了一场可恶瘟疫的蹂躏。而我认为，可爱的尤拉，甚至连我们违反自然的睡眠意识也会把我们拘留在这儿。不过现在看来，我们人类是因为情趣的堕落而为自己挖掘了坟墓，或准确地说是因为完全忽略了学校中的情趣陶冶。因为在这危急存亡之际，事实上唯有情趣（那种介乎于纯粹智力和道德观念之间的能力）绝不可以被心安理得地忽略，因为只有情趣能引导我们慢慢地重归于美，重返自然，重返生活。可只怪柏拉图的凝神观照和堂堂的直观论！只怪他理由充分地认为单凭音乐就足以包揽对灵魂的陶冶！只怪他和他的音乐！因为在最需要他和他的音乐时，这两者都已被彻底遗忘和扬弃。[1]

帕斯卡，一个我俩都爱戴的哲学家，他说得多么正确啊！“我们所有的推理最终都将让位于感觉。”[2]而要是时间允许，自然的感觉并非没有可能重占上风，压倒经院派刻板的数学推理。但这种事没有发生。由于过早地滥用知识，这个世界的末日已经来临。当时大多数人都没看到这点，或者是因为他们虽不幸福但仍然活得起劲，所以故意视而不见。但对我来说，人类历史已教会我去期待那场作为极度文明之代价的大范围毁灭。我早已从历史的比较中预见到了我们的命运，我曾把质朴而悠久的中国与善建筑术的亚述、善占星术的古埃及，以及比这两者更善用技术、堪称所有技艺骚动之母的努比亚进行过比较。从这些地方的历史[3]记载中，我窥视到了一线来自未来的光芒。后三

---

1 “很难发现一种更好的教育方法能胜过这么多世纪的经验已发现的这种方法，而此方法可被概括为由锻练身体的体育和陶冶灵魂的音乐组成。”（《理想国》卷 2）“为此音乐教育是最根本的教育，因为它能让节奏与和谐最深入地穿透灵魂，最有力地攫住灵魂，让心灵充溢美，使人具有美的心灵……人将崇拜美，颂扬美；将欣然把美纳入心灵，将从中汲取营养并将自身与美融为一体。”（同前卷 3）不过，音乐（μουσικη）在古代雅典人中具有一种远比我们所理解的更广泛的意义。它不仅包括节拍与曲调之和谐，而且包括诗的措词、情感和创造，每一点都在其最广泛的意义上。实际上，音乐教育于他们乃最为全面的情趣培养。那种识别美的情趣，与只识别真的理性相对。——原注

2 语出帕斯卡《思想录》第 7 编。

3 “历史”一词来自希腊词 ιστορειν（沉思）。——原注

个古国各自违背自然的造作曾是人类世界的局部病症，而从它们各自的灭亡之中，我已经发现了适用于局部病症的药方。但对于这个整体染疾的世界，我看只有在死亡中才可能新生。人类作为一个种族不会绝种，我看他必须被“再生”。

最美丽最可爱的尤拉，于是我们曾终日把自己的灵魂包裹在梦中。于是我们曾在薄暮朦影中讨论未来的时日，那时候地球被技艺弄得伤痕累累的表面已经历了那场非它而不能抹去其污秽的净化[1]，那时候地球将重新披上绿装，重新有其乐园般的山坡和溪流，最终重新成为适合人类居住的地方，适合已被死亡净化过的人类，适合其高尚心智不再被知识毒化的人类，适合那已获救的、新生的、无忧无虑的、已成为不朽但仍然是物质的人类。

尤拉：我当然清楚地记得那些谈话，亲爱的莫诺斯。但那个毁于烈火的时代并不像我们所认为的那样近在咫尺，而且也不像你所指出的那种堕落真让我们确信无疑。人们各自生生死死。你自己也病故，进了坟墓；而你忠贞的尤拉也匆匆随你而来。尽管那个已经过去、其终结把我俩又聚在一起的世纪用并非忍受

1 “净化”（purification）用在此处显然与其希腊词根 πυρ（火）有关。——原注

不了的持久折磨我们的睡眠意识，可我的莫诺斯，它仍然是一个世纪。

莫诺斯：如我方才所说，准确地说是那模糊的无穷中的一个点。毋庸置疑，我正是在世界的老化期中离去。因为我内心厌倦了由于天下大乱和世风日下所产生的忧虑，所以我屈服于那场可怕的热病。经历了没几天痛苦和许许多多充满了狂喜的梦一般的谵妄，其表现被你误认为是痛苦，而我心里极想却没有能力让你醒悟。几天之后，你所说的那种屏息而静止的麻痹突然向我袭来，这就是被当时站在我周围的那些人称作的死亡。

语言真是苍白无力。我当时的状态并没有剥夺我的知觉。我觉得那似乎与一个在夏日中午伸直身子、完全平卧、久久酣睡之后的人开始慢慢恢复其意识时的情况没多大不同，已完全从自己的睡眠中潜出，但又未被外界的动静所唤醒。

我没有了呼吸，没有了脉搏，心脏已经停止跳动。意识尚未离去，但很微弱。感官异常敏锐，尽管敏锐得出奇，往往各自任意发挥其作用。味觉和嗅觉纠缠到一起，混淆成一种反常而强烈的感觉。你的温柔最后用来湿润我嘴唇的玫瑰香水，使我产生了花的芬芳幻觉，奇异的花，远比世间原有的任何花可爱，但那种花的原型现在就开在我们周围。我的眼皮透明而苍白，对视觉不造成任何妨碍。由于意志暂时中止，眼珠不能在眼窝里转动，但所有在视觉范围内的物体，程度不同地都能被看清楚；射在视网膜外侧或进入眼角的光线比射在视网膜内表面或进入眼睛正面的光线产生出一种更鲜明的效果。但在前一种情况下，那效果太反常，以至我只能将其作为一种声音来领略，而声音的和谐与否取决于靠近我跟前之物体的色调之明暗，轮廓之曲直。与此同时，听觉虽说有点兴奋，但还没有完全乱套，它以一种过度的精确鉴别真正的声音，至少是以一种过分的敏感。触觉经历了一种更奇特的变化。它的感应变得迟缓，但接收到的感应更持久，而且总是引起最美妙的肉体快感。所以你可爱的手指在我眼皮上的压力，开始只被视觉辨出，在手指移开很久之后才终于以一种无限的肉体快感充溢我全身。我说以一种肉体快感。我所有的知觉都纯然是肉体的。由于理解力消失，材料通过感官传送给钝态的大脑已丝毫不起作用。那种感觉有一点痛苦，有许多快活，但精神上的痛苦和快活都荡然无存。因此，你的哭泣声带着它们哀婉的韵律飘进我的耳朵，它们悲切的声调之每一分变化都被听出，但它们是柔和的音乐声，仅此而已。它们并未向已失效的理性传达产生出它们伤心的任何暗示，而你那些不断滴到我脸上的大颗大颗的泪珠，使旁观者感到了一颗破碎的心，却只使我身上的每一根纤维都浸透了欣喜。这就是那些旁观者敬畏地悄声说的死亡，就是你，可爱的尤拉，为之放声痛哭的实实在在的死亡。

他们替我装殓准备入棺。三四个黑乎乎的身影在我旁边匆忙地来来去去。当他们与我的视觉直接交叉，他们是作为人影被我感觉到。但当他们绕到我旁边，他们的影像给我的印象是尖叫、呻吟的概念和其他阴郁的表达，诸如害怕、恐惧或者苦恼。只有你，穿一身白衣，从任何方向经过都像是音乐。

白昼将尽。当日光暗淡，我被一种朦胧的不安缠住。那种不安就像睡眠者感到的不安，当他的耳朵里不断传进忧伤而现实的声音——低沉、遥远、肃穆、节奏均匀、混进他忧郁的梦中的悠悠钟声。夜晚降临。随着夜的阴影我感到一种难忍的不适。不适感以一种易于感觉的沉闷的重量压迫我的肢体。还有一种呜咽的声音，并非不像远方波涛的回响，但更加连绵不断，它随薄暮的出现而开始，随黑夜的来临而加强。突然，光亮被送进那间屋子，那种回响顿时被阻断成一阵阵节奏常常不均匀的同样的声音，但没那么凄凉，没那么清晰。沉重的压迫感大大减轻，而从每盏灯的光焰（因为有不少灯）向我耳里流进一种不间断的悦耳的单调旋律。就在这时，亲爱的尤拉，你走近我躺着的那张床，轻轻坐到我的身边，你可爱的嘴唇呼出香气，你把嘴唇印在我额上，我胸中战栗着涌起一种东西，交织着被环境唤起的肉体知觉，一种类似于情感本身的东西，一种被你真挚的爱和悲伤所唤起的半是感激半是回应的感情。但这种感情并没有在已停止跳动的心里生根，实际上似乎更像是虚幻而不像是真实，而且消退得很快，开始是变成一种完全静止，然后就成了前面那种纯粹的肉体快感。

接着从平常那些官能的残余和混乱之中，我身上似乎出现了一种第六官能，一种完美无缺的官能。在它的运用之中我感到极度喜悦，不过仍然是肉体的喜悦，因此理解力与它完全无关。我的生理运动早已完全停止。肌肉、神经和血管早已不颤动。但是，大脑里似乎出现了一种新的运动，一种没法用语言向人的智力传达其丝毫概念的运动。姑且让我把它称为一种精神摇摆脉动。它是人抽象的时间概念之精神体现。就是凭着这种脉动（或诸如此类的脉动）之绝对均等，天体的运行周期得以校准。借助这种脉动，我校出壁炉架上的钟和在场那些人的表全都不准。钟表的嘀嗒声在我听来十分响亮。与真正的相称之最细微的误差

（这种误差极其普遍）对我的影响就正如世间亵渎抽象真理常常对精神意识产生的影响。虽然屋里的计时器走时全都各有差异，但我能毫不费力地记下各自走动的声音和各自的瞬间误差。而这种持续感，这种敏锐、完善、独自存在的持续感，这种独立于任何活动之外而存在（正如人们不可能设想其存在）的感觉，这种概念，这种从其他官能的残余中诞生的第六官能，是永恒的灵魂迈向时间之永恒的明显而无疑的第一步。

时间已是半夜，而你依然坐在我身边。其他所有的人都离开了那间灵寝。他们已经把我放进棺材。灯光在闪动，我是凭那种单调旋律的颤抖而知道这一点的。但突然之间，那种旋律变得越来越模糊，越来越微弱，最后终于完全消失。我鼻孔里的香气散尽。物影不再作用于我的视觉。黑暗的压迫自动从我胸上离去。一阵犹如电击般的沉闷的震荡传遍我全身，随后就是触觉的彻底丧失。人们所说的官能全部合并为一种唯一的存在意识，一种绵绵无期的持续感。肉体终于被那只可怕的腐朽之手攫住。

但并非所有的知觉都离我而去，因为那种存在意识和持续感也发挥出某种无生气的直觉作用。所以我感觉到肉体上不祥的变化已经开始，而就像做梦者有时意识到有人俯身于他身体上方一样。可爱的尤拉，我也仍然依稀感到你坐在我身边。同样，当第二天中午来临之时，我也并非没有意识到发生的一切，他们怎样把你从我身边拉开，怎样钉上我棺材的棺盖，怎样把我搬进柩车，怎样把我拉到墓地，怎样把我放入墓坑，怎样在我上边盖上厚厚的土，又怎样把我留给黑暗与腐朽，留给虫豸蠹蛆，留给我阴郁而庄重的长眠。

在这儿，在这间没有多少秘密可言的囚室，时间一天天、一周周、一月月地过去；灵魂精确地观测流逝的每分每秒，并毫不费力地记录下时间的周而复始，毫不费力且毫无目的。

一年过去了。存在意识已变得越来越淡薄，在很大程度上被一种纯粹的空间意识所取代。存在之概念与空间概念渐渐合二为一。原来被肉体占据的狭窄空间现在已慢慢变成了肉体本身。最后，就像睡眠者常常经历的那样（只有靠睡眠及其梦境才能想象死亡），最后，就像世间沉睡者有时经历的那样，某道一晃而过的光把他一半唤醒，但仍让他一半还包裹在梦中。我就是那样，在死荫紧紧的包裹之中，来了那道唯一有力量把我唤醒的光，那道永恒的爱之光。人们在我躺于黑暗中的那个坟头挖掘，刨开上面潮湿的泥土，在我发霉的骨骸上放下了尤拉那具棺材。

现在一切又重归虚无。那道朦胧的光已熄灭。那微弱的战栗又恢复平静。许多年已经荏苒流逝。尘土已经归于尘土。虫豸再也找不到食物。存在意识终于烟消云散，取而代之的、代替一切的、支配并永恒的，是空间和时间的专制。对于那已不存在的，对于那没有形体的，对于那没有思想的，对于那没有知觉的，对于那没有灵魂的（虽然灵魂不含物质成分），对于那全部的虚无，也对于那全部的不朽，坟墓依然是一个家，而腐蚀性的时间依然是伙伴。

言语的力量

奥伊洛斯：对不起，阿加索斯，请原谅一个刚获得不朽的灵魂的弱点！

阿加索斯：我的奥伊洛斯，你并没有说什么需要原谅的话。即便在这儿，知识也并非一种直觉的东西。要获得知识，请随意向天使们讨教！

奥伊洛斯：可我曾想象，在这种存在中我会一下子知道所有的事，并立刻因为无所不知而感到幸福。

阿加索斯：哦，幸福不在知识之中，而在对知识的获取之中！在永远的获取中，我们永远被赐福。无所不知则是魔鬼的诅咒。

奥伊洛斯：可难道上帝不是无所不知？

阿加索斯：（既然他是最幸福者）那肯定还有一件事连他也不知道。

奥伊洛斯：可是，既然我们每时每刻都在获取知识，那所有的事物到头来不是都肯定会被知晓吗？

阿加索斯：请朝下看那深不可测的远方！当我们的目光像这样慢慢掠过星群，这样，像这样。请尽量凝视那无数排成长列的星星！即使这灵之目光，难道它不是在每一个方向都被宇宙延伸的金墙所挡住？难道那无数灿灿天体所构成的墙看上去没把纯然的无数混为一体？

奥伊洛斯：我清楚地领悟到物质之无穷绝不是梦。

阿加索斯：在这庄严世界里没有梦。但这里私下传闻，物质无穷之唯一目的就是为灵魂提供不尽清泉，以减轻灵魂求知的渴望。这种渴望是永远止不住的，因为要止住这种渴望就势必消灭灵魂本身。所以，我的奥伊洛斯，随心所欲地向我提问吧，别有什么顾虑。来！我们该向左离开这昴星团喧嚷的和谐，从大熊星座飞出，越过猎户星座[1]去那片布满星星的草地，那里有三色紫罗兰，是三个一模一样的三色太阳安歇之处。

奥伊洛斯：现在，阿加索斯，趁我们行进之时教导我吧！请用地球上那种熟悉的语调对我说话！关于我们在尘世期间已习惯称为创世的方式或方法，我刚才没明白你给我的暗示。你的意思难道是说创造者并

1　参阅《旧约·约伯记》第9章第9节："上帝造大熊星座、猎户星座和昴星团……"

非上帝?

阿加索斯: 我的意思是说上帝现在并不创造。

奥伊洛斯: 请解释!

阿加索斯: 上帝仅仅是在开初创造过。现在整个宇宙这么不断涌现的表面上的造物,只能被视为上帝创造力的间接结果,而不能看作是直接的产物。

奥伊洛斯: 要是在人类当中,我的阿加索斯,这种看法会被视为极端的邪说。

阿加索斯: 在天使当中,我的奥伊洛斯,这被看成是绝对的真理。

奥伊洛斯: 我可以理解你到这样一个程度,我们所谓的大自然或自然法则的某些作用,在某种条件下可产生具有创造物之全部外观的东西。我清楚地记得,在地球最终毁灭之前不久,曾有过许多非常成功的实验,某些学者十分缺乏说服力地把那些实验命名为微生物之创造。

阿加索斯: 你所说的情况实际上就是第二创造的例证。自从第一言宣告第一法则存在以来,那也是曾有过的唯一创造。

奥伊洛斯: 难道星球的世界不是无时无刻不从虚无的深渊中突然出现在天宇?难道这些星球,阿加索斯,不是由上帝直接创造?

阿加索斯：我的奥伊洛斯，让我尽力一步步把你引向我意指的概念。你清楚地知道，正如思想不会消失，行为也同样具有无限的后果。例如我们住在地球上时甩动手臂，其结果是我们振动了环绕在手臂周围的空气。这种振动无限扩散，把脉冲传给地球空气的每一粒子，从那以后直至永远，地球空气便一直受到那只手一次运动的驱动。当时我们星球的数学家们充分了解这个事实。实际上，他们还凭着经过精确计算的特殊脉冲让这种特殊效果作用于流体，结果他们能轻而易举地测定一个已知量的脉冲会在多少时间内环绕地球，并（永远）作用于大气层的每一空气原子。颠倒实验顺序，他们发现在已知条件下可以毫不费力地从一个已知结果测出原始脉冲的值。这下数学家们看出任何已知脉冲的结果都绝对永无止境，看出对这些结果之一部分可以凭借代数分析进行精确的跟踪，还看出逆向测定简单易行。与此同时，这些人发现这种分析本身就具有一种无限期进行的能力，发现这种分析的发展和运用不存在任何想得到的极限，除非受到其发展者或运用者智力的限制。但就在这时，我们的数学家们停止了实验。

奥伊洛斯：可是，阿加索斯，他们为什么应该继续进行？

阿加索斯：因为有一些影响更深远的考虑。从他们所知道的可以推断，对一个具有无限理解力的人，一个对他来说代数分析之完美尚未展开的人，追踪传给空气的每一脉冲和穿越空气的以太不可能有什么困难，他甚至可以追踪到它们在任何无限遥远的时代所产生的无限遥远的结果。实际上可以证明，每一传给空气的这种脉冲到头来都必将影响存在于宇宙间的每一事物。而这位具有无限理解力的人，这位我们所想象的人，也许会追踪这种脉冲遥远的波动，向上和向前追踪它们对所有物质的所有粒子造成的影响，向上和向前追踪它们对旧有形态的永无止境的改变（或者说它们对新形态的创造），直到最后发现它们平平常常地从上帝的宝座反射回来。这样一个人不仅能做这种事,而且在任何时代,只要向他提供一个已知的结果（例如从无数彗星中给他一颗去观察），他就能凭着逆向分析毫不费力地测定这颗彗星的起因是由于哪一道原始脉冲。这种绝对尽善尽美的逆向推测能力，这种能把任何时代之任何结果都归之于其原因的能力，当然只能是上帝独有的特权。不过在缺乏绝对完善的前提下，这种能力本身也在各个不同的程度上被所有的天使们运用。

奥伊洛斯：可你只谈到了对空气的脉冲。

阿加索斯：谈到空气，我只涉及了地球，但这个总的命题与对以太的脉冲有关。既然唯有以太弥漫于整个太空，那它便是创造之最大媒质。

奥伊洛斯：那么所有运动，不管是哪一种，都会创造。

阿加索斯：这是必然，但有位真正的哲学家早就教导过我们，所有运动之源都是思想，而所有思想之源都是……

奥伊洛斯：上帝。

阿加索斯：我已经对你，奥伊洛斯，就像对一位来自不久前刚毁灭的美丽的地球上的孩子，讲过了作用于地球大气层的脉冲。

奥伊洛斯：你的确讲过了。

阿加索斯：那在我讲的时候，你脑子里难道就没有想到过言语的自然力量？不是每个字都对空气有一道脉冲吗？

奥伊洛斯：可是，阿加索斯，你为什么哭泣？为什么？哦，当我们翱翔于这个美丽的星球之上，你为什么垂下翅膀？这是我们在飞行中所遇见的最最青翠但又最最可怕的星球，它那些艳丽的花儿看上去就像个美丽的梦，可它那些凶猛的火山就像是一颗骚动的心中的情。

阿加索斯：它们是的！它们是的！这荒凉的星。自从我交叉十指，噙着眼泪，在我心上人的脚边，用激情洋溢的寥寥数语宣告它的诞生，已经过去了三个世纪。它艳丽的花儿是所有未了之梦中最可爱的梦，它狂怒的火山是最骚动不安、最不敬神明的心中的情。